www.tredition.de

AF200457

Hansjürgen Wölfinger

Der Journalist

Nur ein Flügelschlag

Roman

www.tredition.de

© 2017 Hansjürgen Wölfinger
Umschlag, Illustration: Hansjürgen Wölfinger,
                    Gerda Kern
Verlag: tredition GmbH, Hamburg

ISBN
Paperback   978-3-7439-2232-7
Hardcover   978-3-7439-2233-4
e-Book   978-3-7439-2234-1

Printed in Germany

Eines Tages wird der stumme Schrei
so laut sein,
dass auch du daran zugrunde gehen wirst.

(Hansjürgen Wölfinger)

1

Nach den psychisch sehr aufreibenden Tagen bei Dr. Baumgartner in Rosenheim war ich reif für eine Pause. Eine Pause von den Grausamkeiten und der Gewalt an Kindern. Es waren so viele Erlebnisse, von denen ich in meiner Kindheit zum Glück nie erfahren musste. Wie musste es einem Kind oder Jugendlichen ergehen, der diese Grausamkeiten am eigenen Leib erfahren musste. Welche Albträume mussten diese Kinder und Jugendliche erfahren. Auch sie würden sich gerne ausweinen, aber nur bei wem? Sie bekamen auch leider keine Pause.

Diese zerschundenen Seelen werden ihr Leben lang daran denken. Ich hingegen musste mir die schrecklichen Taten nur anhören und bekam dadurch schon Albträume.

Trotzdem, jedes Mal, wenn ich darüber nachdenke, fallen mir diese Szenen immer wieder ein, die mir das Schaudern über den Rücken fließen lassen.

Ich benötigte diese Pause, um die Albträume aus meinem Gehirn herauszuquetschen.

Sina und ich taten also das, was wir unbedingt tun wollten „Urlaub in San Francisco."

Wir hatten Glück und konnten für den nächsten Tag kurzfristig einen Flug und ein Zimmer im Hotel Drisco in der Pacific Ave buchen. Dieses Hotel war für uns ein komfortabler Ausgangspunkt für alle Sehenswürdigkeiten und Attraktionen, die in der Nähe lagen. Wir nahmen uns einen Mietwagen und fuhren zu einigen der Sehenswürdigkeiten wie Golden Gate Bridge oder Fisherman's Wharf um nur diese zu nennen.

An erster Stelle stand, mit großen Buchstaben, auf unserem virtuellen Zettel „AUSRUHEN".

Und wir entspannten entweder in unserem Hotelzimmer oder mit Ausflügen zum Strand.

Wir hatten eine wunderschöne Zeit.

Leider ging auch diese Zeit zu Ende und wir flogen wieder zurück.

Mental und physisch, auch in unserer Liebe gestärkt, hatte uns der Alltag wieder. Sina musste ein neues Projekt beginnen und ich konnte meinen gewohnten Schreibtisch wieder in der Redaktion der New York Post einnehmen. Mein Chefredakteur überhäufte mich mit sehr freundlichen Floskeln und knallte mir eine Reportage nach der anderen auf den Tisch. So blieb mir auch hier keine Zeit, über meine privaten Dinge nachzudenken, sondern stürzte mich in meine Arbeit.

Ein halbes Jahr war vergangen. Sina und ich sahen uns während der Woche sehr selten. Unsere einzige Kommunikation war das Telefon. An den

Wochenenden hatten wir keine Lust etwas zu unternehmen, sondern trafen uns abwechselnd bei mir oder bei den Borons, um nur zu faulenzen.

Aileen und Eugen machten das, was sie in all den Jahren versäumt hatten, sie reisten. Deshalb hatten wir sehr oft das Haus mit den Tieren für uns alleine.

Wir schliefen sehr lange. Manchmal für unsere Verhältnisse zu lange. Uns störte das nicht.

Es gab aber zwei, für die es oft zu lange war und diese rebellierten entweder mit lautem Miauen oder Knurren. Prince legte sogar seine Pranken auf das Bett um uns zum Aufstehen zu veranlassen.
Dem mussten wir dann umgehend Folge leisten.

Wenn ich doch hin und wieder einmal alleine in meinem Zimmer war, kamen die schrecklichen Gedanken zurück. Sie hatten in der Intensität der Gefühle nicht nachgegeben. Im Gegenteil, sie quälten mich wie am ersten Tag. Durch intensives Umdenken versuchte ich, sie einfach gegen Positives auszutauschen. Ich sagte mir immer und immer wieder, dass die letzten zwei Jahre die Jahre waren, die ich nicht vermissen möchte.

Zwei Jahre voller Zufriedenheit, Geborgenheit, voller Herzlichkeit meiner Freunde und zwei Jahre mit meiner großen Liebe.

Danach ging es mir wieder viel besser.

Sagen wir, fast wieder besser. Rückschläge blieben leider nicht aus.

Es gibt Dinge, an die man sehr oft denkt, und sehr weh tun. Es gibt auch Dinge, die man besser vergessen sollte. Die machen ernsthaft krank.

Zum Glück ließ Sina und meine angespannte Arbeitssituation nach und wir konnten uns endlich wieder fast jeden Tag sehen.

Und es ging wieder los. Die Faulenzerei, das Abschalten von den alltäglichen Problemen und das Vergnügtsein miteinander.

2

Wenn ich zurück an unseren letzten Urlaub denke, macht es mich sehr glücklich. Glücklich deshalb, da ich Sina überraschen konnte.

Am letzten Abend unseres Urlaubs lud ich sie in ein sehr feines romantisches Lokal ein. Ich bat sie sich extra für heute besonders hübsch anzuziehen.

»Was hast du vor? Warum diese feine Kleidung?«

»Es ist einfach eine Überraschung. Ich möchte heute mal ganz vornehm mit dir ausgehen.«
Sina war sichtlich nervös, nestelte an meinem Binder und sah mich, einen Schritt zurücktretend, musternd an.

»Siehst elegant aus. Du bist ein wunderschöner Mann.«

»Und du die schönste Frau der Welt.«

Wir lachten, begaben uns zum Taxi, das ich kurze Zeit vorher bestellt hatte, und fuhren zum Waterfront Restaurant, das direkt am Meer liegt.

Eine schick gekleidete Hostess empfing uns mit strahlend weißen Lächeln.

Da die Temperatur noch angenehm lau war, baten wir um einen Platz draußen auf der Veranda.

Mit einem weiteren Lächeln begleitete sie uns an einen der noch freien Tische. Sie zündete die beiden Kerzen, die auf dem Tisch standen, an und verschwand mit einem lächelnden „Ich wünsche Ihnen einen angenehmen Abend."

Sina sah mich staunend an und flüsterte:

»Frank, was hast du vor? Warum sind wir in so einem teuren Lokal?«

»Ich möchte dich mal so richtig verwöhnen. Das ist alles.«

»Das ist sehr lieb von dir. Ich freue mich sehr darüber. Aber wie hast du einen Platz, in diesem Lokal bekommen?«

»Ich hatte für uns reservieren lassen.«

»Also hattest du alles geplant.«

»Ja.«

»Deshalb wolltest du unbedingt alleine joggen.«

»Das habe ich doch gut gemacht oder?«

»Du bist ein Schlawiner.«

»Das hast du perfekt gemacht. Ich liebe dich dafür und würde dich jetzt gerne küssen, aber das käme hier wohl nicht so gut an.«

»Ja, lieber nicht.«

Sina sah mich lächelnd an und statt eines Kusses, nahm sie meine Hand fest in ihre.

Lange blickten wir uns an, bis der Kellner uns räuspernd unterbrach.

Wir bestellten ein 5-Gänge Menü. Es war so eine Art Degustationsmenü. Zu den jeweiligen Menüs wurden die passenden Getränke serviert.

Es war eine Gaumenfreude die einzelnen Gerichte zu genießen. Der gebratene Thunfisch hatte, nach meinem Geschmack, ein Tick zu lange in der Pfanne gelegen, doch das trübte den positiven Gesamteindruck nur wenig.

Die gebratenen Jakobsmuscheln und das gebratene Rinderfilet waren ein Traum. Weiter eine Riesenauswahl an verschiedenen Käsearten. Zum Schluss gab es ein heißes Strawberry Soufflé. Einfach fantastisch.

Sina und ich sind bestimmt keine Weinkenner, aber ich muss gestehen, dass die Weine, soweit in meiner Erinnerung, Duckhorn Sauvignon Blanc und eine Flasche Cabernet Sauvignon, uns hervorragend geschmeckt haben.

Ich war erstaunt, solch ein Dinner hatte ich nicht erwartet.

Es war ein wunderbares Essen. Wir werden noch lange daran denken.

Sina wird wohl noch besonders lange an diesen Abend denken, denn ich hatte eine weitere Überraschung für sie vorbereitet.

Nach dem tollen Essen gingen wir etwas am Strand spazieren um anschließend wieder zu unserem Tisch zurückzukehren.

In der Zwischenzeit hatten die Kellner den Tisch für meine große Überraschung vorbereitet.

Blumen waren auf dem Tisch verteilt.

Frische Kerzen leuchteten auf dem Tisch.

Im Eiskübel war der Sekt bereitgestellt.

»Frank, was haben die mit unserem Tisch gemacht?«

»Das gehört wohl zum Service dazu, ich weiß es nicht«, antwortete ich gekonnt erstaunt.

»Das ist ein toller Service, so was habe ich noch nie gesehen«, sagte Sina ohne irgendeine weitere Reaktion.

Wir setzten uns an den Tisch und ich begutachtete den geschmückten Tisch.

Sina nahm es so gegeben hin, denn wie sie dachte, war es ja im Service inbegriffen.

»Ist das nicht ein herrlicher Abend? Der Mond und das Meer, die Bedienung«, bemerkte ich und während Sina auf das Meer sah, nickte ich dem Kellner, der etwas abseitsstand, zu.

Langsam kam er zu unserem Tisch, öffnete den Sekt und goss, um zu hohes Aufschäumen zu vermeiden, die Gläser nur etwa halb voll.

Anschließend füllte er unsere Sektflöten drei viertel voll und entfernte sich so dezent, wie er gekommen war.

»Ein toller Abend, um etwas noch viel Tolleres zu tun«, sagte ich und sah Sina verliebt an.

Sie betrachtete mich erstaunt und ich wiederum kramte umständlich in meiner linken Hosentasche.

Mit der rechten Hand hob ich zitternd das Glas.

»Sina, mein Liebling. Ich möchte dich etwas fragen.«

»Ja, gerne. Nur zu.«, antwortete sie nichts ahnend.

14

Ich stand auf, kniete mich vor ihr nieder, hob das kleine Kästchen aus der Hosentasche in die Höhe und legte es geöffnet feierlich in ihre Hand.

»Sina, willst du meine Frau werden?«

Sie sah mich erstaunt an, stellte ihr Glas auf den Tisch und nahm wie in Trance das Kästchen entgegen.

Ein glitzernder Diamantring in Weißgold gefasst, glänzte ihr entgegen.

Mit weit geöffneten Mund sah sie auf den Ring, dann auf mich, dann wieder auf den Ring. So ging es weitere Male hin und her.

Voller Erwartung wartete ich ungeduldig auf ihr Ja-Wort.

Ein Stein bohrte sich in mein rechtes Knie und es schmerzte fürchterlich.

Mein Gesichtsausdruck musste sie jedoch noch mehr durcheinandergebracht haben, denn sie fing an zu weinen.

Ich beruhigte sie und fragte sie nochmals:

»Sina, willst du meine Frau werden?«

»Oh, entschuldige Liebling, ja natürlich, Ja! Ich bin so überwältigt und sprachlos.«

Ich steckte ihr den Ring an, stand mit schmerzverzerrtem Gesicht auf und hob mein Glas.

Ganz langsam ließ der Schmerz in meinem Knie nach. Ich war froh, mich endlich wieder setzen zu können.

Wir prosteten uns zu, beugten uns über den Tisch und küssten uns.

Sina war so überwältigt, dass sie noch eine lange Zeit Tränen vergoss.

Es war der schönste Abend in meinem Leben. Ich werde ihn nie vergessen.

Am nächsten Tag, es war Freitag der 13., flogen wir zurück nach New York.

Nach dem Start machte das Flugzeug sehr komische Geräusche. Mein Sitz zitterte und rumpelte unter mir. Ich bin kein abergläubischer Mensch aber, es machte mich trotzdem sehr nervös. So hatte es sich beim Hinflug nicht angehört.

»Ist was mit dir? Du siehst sehr blass aus. Geht es dir nicht gut? Hast du Fieber?«

Sina legte ihre Hand auf meine Stirn und prüfte meine Temperatur.

»Du hast eine nasse Stirn. Alles in Ordnung?«

Sie tupfte mir mit der Serviette den Schweiß aus meinem Gesicht.

»Nein, geht schon wieder. Alles in Ordnung. Mir war es nur etwas komisch im Magen.«

»Du solltest was trinken.«

Wie Sina mir empfahl, trank ich etwas Wasser und es ging mir gleich wieder etwas besser. Ich hütete mich, ihr zu sagen, dass ich Schiss hatte.

Bis heute war mir der 13. egal gewesen. Es war nur eine Zahl. Ich hatte mir bisher nie wirklich Gedanken darüber gemacht. Weshalb denn auch.

Aber jetzt hatte ich, anderes als bisher, ein unangenehmes Gefühl. Unbehagen.

In manchen Hochhäusern fehlt in der Nummerierung die 13. Etage, sodass auf den 12. direkt der 14. Stock folgt. Analog wird auch bei Schiffen das 13. Deck oft in der Nummerierung übersprungen.

Auch bei Hotelzimmern fehlt häufig die Nummer 13. Des Weiteren haben die meisten Fluglinien keine 13. Reihe in ihren Maschinen.

Wieso gibt es denn im Kalender überhaupt noch den 13. Tag. Könnte man doch auslassen oder?

Irgendwie hatte ich mich wieder im Griff. Sina schloss ihre Augen und döste vor sich hin. Ich nahm den Kopfhörer und hörte etwas Musik. Die seichten Rhythmen schläferten mich ein und ich erwachte erst wieder, als ich wieder das fürchterliche Rumpeln unter mir spürte.

»Schatz, wir sind da.«

»Ich habe es gemerkt, war nicht zu überhören. Das hat ganz schön gerumpelt.«

Ich war erleichtert, dass wir, trotz aller Geräusche, heil in New York gelandet sind.

Wir fuhren mit dem Taxi als erstes in meine Wohnung, um mein Gepäck abzuladen.

Ich zog mich kurz um und wir fuhren spät am Abend mit meinem Wagen zu Sina nach Hause.

Aileen und Eugen saßen im Wohnzimmer und sahen uns verblüfft an.

»Ihr seht sehr glücklich aus. Habt ihr was gefeiert?«, fragte Aileen und lächelte uns zu.

Sina sah mich an, und das war für mich das Startzeichen.

»Aileen, Eugen, ich möchte euch etwas fragen.«

Sie sahen mich lächelnd an und konnten sich schon denken, was jetzt kommt.

»Was kann das wohl sein?«, fragte Eugen und grinste über alle vier Backen.

Ich schnallte das überhaupt nicht, sondern legte mir die richtigen Worte zurecht.

»Aileen, Eugen«, fing ich wieder an.

»Wie ihr wisst, liebe ich eure Tochter Sina über alles und deshalb möchte ich um die Hand eurer Tochter bitten.«

Ich zitterte vor Aufregung am ganzen Körper.

Was werden sie wohl sagen.

Sina stand nun neben mir und fasste meine Hand. Aileen und Eugen saßen da und regten sich nicht.

Mit versteinerter Miene sah mich Eugen an und ich dachte, jetzt ist es aus. Er wird mir nie seine Tochter zur Frau geben.

Beide sahen meinen Gesichtsausdruck und beendeten die quälende Stille. Beide standen strahlend auf und umarmten mich und Sina.

»Wir freuen uns so sehr für euch. Natürlich geben wir dir unser Ja-Wort«, sagte Aileen und küsste mich auf die Wangen. Eugen drückte mich und klopfte mir mit seinen Pranken auf die Schultern.

Ich stand regungslos da und konnte es nicht fassen. Erst nach einer Weile kam das erste Wort stotternd aus mir heraus. »Vielen Dank.«

Das war alles. Ich sagte nur „Vielen Dank".

Sina erlöste mich aus meiner Regungslosigkeit und nahm mich wieder bei der Hand.

Als ob alles schon geplant gewesen wäre, öffnete Eugen eine Flasche Sekt und füllte die Gläser.

»Auf euch meine Lieben«, sagte er und hob sein Glas. Wir stießen miteinander an, dass die Gläser klirrten.

Sina war überglücklich und ich natürlich auch.

Wir erzählten vom Abend unserer Verlobung und Sina zeigte ihren Ring.

Aileen war hin und her gerissen und weinte.

Ich war so glücklich, dass alles so verlaufen war. Genauso, wie ich es mir vorgestellt hatte.

Wir tranken noch das eine oder andere Glas und gingen sehr spät zu Bett.

Sina und ich konnten lange nicht einschlafen und unterhielten uns noch sehr lange über die vergangenen Urlaubstage.

Wir schmiedeten Pläne über unsere gemeinsame Zukunft.

Am nächsten Morgen erwarteten uns Aileen und Eugen lächelnd am Frühstückstisch.

»Na, ausgeschlafen?«, fragte Eugen verschmitzt.

»Aufgehört«, antwortete ich schlagfertig, nichts ahnend was er gemeint hatte.

Wir setzten uns an den gedeckten Tisch und Aileen bediente uns mit allerlei Köstlichkeiten.

»Wissen eigentlich eure Freunde von eurer Verlobung?«, fragte sie.

»Nein, wir hatten ihnen vor dem Urlaub nichts verraten.«

»Ich denke, wir werden sie heute noch anrufen und vielleicht mit ihnen treffen, oder?«, antwortete Sina und sah mich fragend an.

»Ja, natürlich, klar«, sagte ich nickend.

Wir frühstückten ausgiebig und unterhielten uns über Gott und die Welt.

Eugen machte sich fertig, um in einer Schule die Arbeit der Polizei zu erläutern.

»Was machst du in der Schule?«, fragte ich interessiert.

»Ich gehe in Schulklassen und erkläre den Kids die Arbeitsweise und die Aufstiegschancen im Polizeidienst. Es macht sehr viel Spaß. Wenn dann am Ende der Schulzeit die eine oder der andere in den Dienst der Polizei eintritt, habe ich etwas dazu beigetragen.«

»Das ist doch eine tolle Sache und du hast eine Aufgabe«, sagte ich anerkennend.

Eugen nickte und verabschiedete sich.

»Ich bin froh, dass er wieder eine Aufgabe hat«, sagte Aileen und räumte den Tisch ab.

»Rufst du die Jungs an?«, fragte Sina.

»Heute ist Samstag, dann könnten wir uns doch bei Keegan's treffen oder was meinst du?«

»Ich weiß nicht. Frage sie doch einfach, ob sie Zeit haben. Vielleicht ist es zu kurzfristig.«

»Ich werde Jeff anrufen. Er ist fast immer zu Hause.«

Mit voller Freude wählte ich die Nummer unseres Freundes.

»Hallo Jeff mein Freund, wir sind wieder zurück. Wie geht es dir? Ich habe euch ganz schön vermisst, das kannst du mir glauben.«

»Hi alter Kumpel, schön, dass ihr wieder da seid. War ziemlich langweilig ohne euch. Was macht ihr heute?«

»Wir sitzen noch am Frühstückstisch und quatschen. Wir könnten uns doch treffen. Wir haben euch auch was Wichtiges zu sagen. Wann wäre es für dich und die Jungs am besten?«

»Na, heute. Wann denn sonst?«

»Meinst du, es geht so kurzfristig?«

»Na klar. Ich rufe Luther an und er soll es an Rob weitergeben. Was meinst du?«

»Das ist doch prima. So machen wir es.«

»Wo wollen wir uns treffen? Wie immer bei Keegan's, so um halb acht?«

»Ja, das dachten wir auch.«

»Gut, dann rufe ich Luther an. Bis dann.«

Ohne meine Antwort abzuwarten, beendete er das Gespräch.

»Wir treffen uns heute Abend wie üblich bei Keegan's.«

»Kommen die Jungs auch?«, fragte Sina und ich bejahte dies.

Ich freute mich, endlich wieder meine Freunde zu treffen, sich mit ihnen zu unterhalten und Spaß zu haben. Natürlich war ich schon sehr aufgeregt, ihnen unsere Verlobung bekannt zu geben.

Ich war auf die Gesichter gespannt.

»Bis heute Abend haben wir noch viel Zeit. Was wollen wir unternehmen?«

»Ich würde liebend gerne shoppen gehen. Ma, hast du Lust mitzukommen?«

»Ja gerne.«

»Das heißt, es ist eine beschlossene Sache zwischen euch beiden Frauen.«

»Genau mein Schatz.«

»Also gut. Dann schließe ich mich euch an«, sagte ich lachend.

»Ich muss doch für heute Abend schön aussehen oder?«

»Dazu benötigst du keine neuen Kleider.«

»Jetzt schmeichelst du aber ganz schön.«

»Es ist aber wirklich so. Du bist für mich die schönste Frau der Welt. Entschuldige Aileen.«

Aileen winkte ab und lachte vergnügt.

Wir machten uns für die Shoppingtour fertig und fuhren in die E Park Avenue zur Ladies Boutique.

Es war keine weite Fahrt. Sina und Aileen waren richtig aufgekratzt.

Sie flüsterten und kicherten die ganze Zeit.

Endlich angekommen, stiegen sie aus und liefen, ohne sich nach mir umzuschauen, in die gegenüberliegende Boutique.

Sie stöberten in den Kleiderständern und Accessoires.

Ich versuchte, interessiert dreinzuschauen, aber es gelang mir nicht sehr überzeugend.

»Ich glaube, Frank ist es langweilig«, bemerkte Sina, während sie ein weiteres Kleid aus dem Ständer nahm.

Ich lächelte süßsauer und versuchte nicht ganz so unbeteiligt auszusehen.

Nach etlichen vergeblichen Versuchen das richtige Outfit zu finden, begaben wir uns zur nächsten Boutique in die West Beech Street zu Rose & Eye.

Aileen und Sina schlenderten sehr routiniert zwischen den Regalen umher, begutachteten dieses und jenes, um letztendlich einige Kleider und Hosen auszuwählen und anzuprobieren.

Sina entschied sich für eine Hose mit Jacke in einem Schurwoll-Mix in grau-melange. Die Bluse war aus Seide und in gleicher Farbe. Das erklärte sie mir, denn ich habe keine Ahnung, was Kleidung und Farben betrifft. Für mich ist eine Hose eine Hose und eine Jeans eine Jeans. Wenn ich mir etwas zum Anziehen kaufe, dann gehe ich in den Laden kaufe und gehe. Das dauert etwa 10 Minuten.

Endlich, nach etwa drei endlosen Stunden war der Einkaufsbummel beendet und ich atmete auf.

Wir beschlossen, uns etwas zu stärken, und gingen in ein nächstgelegenes Café. Wir bestellten Kaffee und Kuchen. Für die Damen war es ein gelungener Tag und für mich eher, Dabeisein ist alles.

Nichtsdestotrotz freute ich mich schon auf den Abend.

Gegen Abend bereiteten Sina und ich uns auf das Treffen mit unseren Freunden vor. Wir zogen uns bequem an und fuhren mit dem Taxi zu Keegan's Bar.

Wir waren schon lange nicht mehr in unserem Stammlokal gewesen. Umso mehr freuten wir uns, wieder einmal hier zu sein. Wohlbekannter Geruch quoll uns wie ein langsam kriechendes Reptil entgegen. Um uns etwas zu orientieren, blieben wir für kurze Zeit am Eingang stehen. Meinen Blick richtete ich suchend zur Bar und dort standen sie auch schon, unsere Freunde.

Meine Freude war überschwänglich. Ich grinste über alle vier Backen.

»Dort sind sie, an der Bar.«

Ich nahm Sina an die Hand und wir liefen schnurstracks dort hin.

Jeff entdeckte uns und steuerte freudenstrahlend auf uns zu.

»Hallo ihr zwei. Schön euch mal wieder zu sehen.«

Er nahm uns in die Arme und herzte uns innig.

Dies bemerkten alle anderen Freunde und kamen ebenso strahlend auf uns zu. Es war ein Gedrücke und Geknutsche, als ob wir uns nach Jahren zum ersten Mal wiedersehen würden.

Rob, der introvertierter Typ, konnte nie so richtig aus sich herausgehen. Ab und zu ließ er sich doch von den anderen anstecken, scherzte und lachte mit. Heute war so ein Tag. Er herzte und drückte uns ebenso innig.

»Kommt, setzen wir uns an einen Tisch«, sagte Luther und steuerte auf einen der freien Tische zu.

»Mann ist das schön, euch wieder zu sehen. Sina und ich hatten so viel zu tun, dass es leider nur bei unseren kurzen Telefonaten geblieben ist. Egal, nun sind wir wieder zusammen und das zählt.«

Vor lauter Überfreude übersah ich eine hübsche blonde Person, die sich mit uns an den Tisch setzte. Ich muss sie sehr aufdringlich angesehen haben, was Jeff bemerkte.

»Entschuldigt bitte. Darf ich euch meine Freundin Sahra Cornwell vorstellen. Sahra, das sind unsere Freunde Sina und Frank. Ich hatte dir von ihnen erzählt.«

Sahra nickte und wir begrüßten uns herzlich.

»Hallo. Ich freue mich, euch kennenzulernen. Jeff hat schon viel über euch erzählt.«

Ich sah Jeffs Freundin sehr intensiv an. Vielleicht etwas zu intensiv.

»Ist was?«, fragte Jeff.

»Ich kenne dich«, sagte ich in Richtung Sahra.

»Du bist die Polizistin, die ich an einem Straßenrand getroffen hatte.«

Mehr wollte ich im Moment nicht sagen.

Sahra schaute mich sehr lange angestrengt an.

»Ja richtig, du bist doch der, der mich am Straßenrand in Brooklyn vor meiner größten Dummheit gerettet hatte. Mann, war das ein Erlebnis. Ich freue mich, dich hier zu sehen. Lange hatte ich an dich gedacht.«

Sahra stand auf und drückte mich ganz fest an ihren Busen und küsste mich auf die Wangen.

»Entschuldigt, aber das musste sein. Er ist mein Retter und Retter muss man einfach herzlichst drücken.«

»Ihr kennt euch?«, fragte Jeff erstaunt.

»Ich hatte euch hier an dieser Stelle, von der wunderbaren Begegnung der besonderen Art erzählt. Das ist sie, Sahra, die Polizistin.«

»Das sind Zufälle, die gibt es doch gar nicht«, sagte Luther.

»Darauf müssen wir trinken. Was wollt ihr?«, fragte Jeff und stand dabei auf, als ob er zum finalen Sprung bereit wäre und rief gleichzeitig nach dem Kellner.

Sina sah unschlüssig zu Jeff und dann zu mir.

»Du musst unbedingt den Hemingway Daiquiri probieren«, bemerkte Sahra.

»Was ist denn das?«

»Der Daiquiri ist ein klassischer Cocktail auf Basis von weißem Rum. Er wird mit weißem Rum, Limettensaft und Zucker gemixt und wurde nach der kubanischen Siedlung Daiquirí benannt.
Hemingway, nach ihm wird der Cocktail genannt, genoss seinen Lieblingscocktail beispielsweise bevorzugt in der Variante Papa Doble mit doppelt so viel Rum und ohne Zucker.«

»Sahra, das hast du wunderbar erklärt. So gut hätte ich das nie hinbekommen«, sagte Jeff strahlend.

Sahra grinste und wir waren sprachlos.

»Das hat mir vorhin der Barkeeper erzählt, sonst wüsste ich das auch nicht«, lachte sie.

»Ja, dann möchte ich so einen Daiquiri?«, sagte Sina und nickte Sahra lächelnd zu.

Die beiden Mädchen bestellten den besagten Cocktail und wir Jungs natürlich unser geliebtes Bud.

Der Kellner nahm freundlich die Bestellung an und verschwand zur Bar.

Ich flüsterte Jeff ins Ohr. »Seit wann hast du eine Freundin?«

»Seit ein paar Wochen. Nachdem du nach München gereist bist, habe ich sie auf einem Ball in New York kennengelernt.«

»Das freut mich für dich. Wirklich.«

Jeff wollte, wegen seines Berufs, nie eine feste Beziehung eingehen.

Er war lange Polizist gewesen bis er sich als Privatdetektiv selbständig machte.

Sina und Sahra rückten näher zusammen und unterhielten sich angeregt.

»Was ist mit dir?«, fragte ich Luther.

»Was soll mit mir sein?«

»Mit fester Freundin und so.«

»Das hat noch Zeit für eine feste Bindung.«

»Du weißt schon, wie alt du bist?«

»Ach was. Schau dir doch die alten Säcke an die junge Frauen heiraten.«

»Du musst es wissen. Für mich wäre das nichts. Wirklich nicht.«

»Na ja, die Richtige ist mir bis jetzt noch nicht untergekommen. Eines Tages wird sie vor mir stehen und zack bin ich verheiratet. Du wirst noch staunen.«

»Ich drücke dir alle Daumen.«

Kaum hatte ich meinen Satz beendet, kam der Kellner auch schon mit den bestellten Getränken.

Jeff hob sein Glas und rief: »Auf unsere Freundschaft.«

»Auf unsere Freundschaft«, riefen wir im Chor. Es klang wie bei den vier Musketieren „Einer für alle, alle für einen".

Sina und Sahra prosteten sich extra zu.

»Oh, der ist wirklich gut«, sagte Sina und leckte sich die Lippen. Sahra nickte und nippte an ihrem Glas.

Ich hatte den zwanghaften Drang, mich mit jedem einzelnen meiner Freunde unterhalten zu wollen, am liebsten mit allen gleichzeitig, leider ging das nicht. Also bremste ich mich.

»Rob, Sina berichtete mir von deinem Auftritt am Schleppkahn am Fuß der Brooklyn Bridge. Ich bin ganz stolz auf dich.«

Rob sah mich an und überlegte lange. Sehr lange. Ich wollte schon meine Frage wiederholen.

»War ganz nett.«

»Ganz nett? Habt ihr gehört, er sagte „Ganz nett". Ich kann es nicht glauben.«

Rob zuckte mit den Schultern und sah mich verwundert an.

»Er wird demnächst als Gastspieler im Metropolitan Opera House einige Konzerte geben«, sagte Luther und tippte Rob anerkennend sanft auf die Schulter.

»Das freut mich sehr für dich mein Freund.«

Rob sah mich an und ein Anflug von Röte überfiel sein Gesicht.

»Danke.«

Er sagte „Danke", einfach nur „Danke".

So war unser Rob. Worte waren für ihn nur lästige Schnipsel im Gehirn. Dort hatten nur Noten Platz, sonst nichts. Wir konnten froh sein, dass er uns, seinen Freunden, etwas Raum in seinem Gehirn und in seiner Seele zugestand.

Luther, Jeff und ich sahen uns nur an.

»So ist er, unser Rob«, sagten wir im Chor und hoben unsere Gläser.

»Ich muss mal für kleine Jungs«, sagte Jeff und erhob sich.

»Warte, ich gehe mit«, sagte ich.

Luther wollte nicht im Abseits stehen und ging ebenfalls mit.

Wir drei entschuldigten uns bei den Damen und verließen unseren Platz.

»Mann bin ich froh, wieder bei euch zu sein. Es sind zwar erst ein paar Wochen her, seit ich euch zuletzt gesehen habe, aber es kommt mir wie eine Ewigkeit vor.«

Weiter kam ich nicht, denn ein fürchterlicher Krach im Toilettenbereich unterbrach meine Gedanken.

Ein Mann stand vor einer Damentoilette und hämmerte mit der flachen Hand gegen die Tür.

»Bitte mache auf. Jessica, mach auf«, brüllte er unaufhörlich.

»Was ist denn los? Was machen Sie da?«, fragte Jeff und beruhigte den Mann.

»Sie will sich umbringen. Bitte helfen Sie mir. Sie bringt sich um.«

»Wer will sich umbringen?«

»Meine Freundin. Sie will nicht mehr leben. Sie bringt sich um«, wiederholte er hysterisch.

Luther rannte derweilen hoch und benachrichtigte einen Verantwortlichen an der Bar.

Jeff versuchte, den Mann weiter zu beruhigen, aber es gelang ihm nicht. Er hämmerte weiter wie ein Wilder schreiend gegen die Tür.

Luther kam mit einem Angestellten wieder zurück.

»Ich bin Fred, was ist ihr Problem? Warum machen Sie so ein Geschrei?«

»Meine Freundin Jessica ist da drin und will sich umbringen. Wir müssen was tun. Schnell.«

Fred ging zur Tür und klopfte heftig dagegen.

»Wieso ist die Tür abgeschlossen? Woher hat sie den Schlüssel?«, fragte er.

»Jessica, hier ist die Security, machen Sie bitte die Tür auf.«

Keine Antwort drang nach außen.

Er rief es noch einige Male, ging dann einen Schritt zurück und trat voll gegen die Tür. Diese krachte mit einem Schlag nach innen auf.

Die Tür war aus dem Rahmen herausgebrochen.

Der Mann rannte an uns vorbei in den Raum.

In einer Ecke saß zusammengekauert eine Person.

Durch den Krach angelockt kamen einige Gäste hinzu und sahen das Durcheinander.

»Ruft einen Arzt«, rief Fred und begutachtete den Gesundheitszustand der Frau. Er rief ihren Namen. Keine Reaktion. Leblos lehnte sie an der Wand.

Jeff ging auf die beiden zu und schob den Security Menschen zu Seite. Schnappte sich die junge Frau und legte sie flach auf den Boden.

»Alle die hier nichts zu suchen haben raus«, befahl er laut.

Luther und mich rief er zu sich.

»Ich spüre keinen Puls und keine Atmung. Wir versuchen eine Wiederbelebung. Ich mache die Herzdruckmassage. Wer kann von euch beiden die Atemspende durchführen?«

»Das habe ich erst vor Kurzem bei einer Übung gelernt«, sagte Luther und kniete schon neben der Bewusstlosen.

Mir blieb nur zuzuschauen.

Ich hätte auch nicht helfen können, da ich es nie gelernt hatte. Um die beiden nicht zu stören und auch die Gaffer fernzuhalten, begab ich mich vor die Tür und wartete auf den Krankenwagen.

Professionell begannen die beiden mit dem Rettungsprogramm.

Sie hörten erst auf, als die Sanitäter hinzukamen. Sie schlossen sofort ein Defibrillationsgerät an.

Der Arzt spritzte ihr ein Medikament in die Venen und Sauerstoff in die Lungen.

Mit einem tiefen Schnaufer trat die junge Frau wieder in die Welt der Lebenden ein.

Schnell wurde sie auf eine Trage gelegt und in den Ambulance Krankenwagen getragen. Mit Sirene und Blaulicht fuhren sie davon.

Was die junge Frau letztendlich eingenommen hatte, erfuhren wir nicht.

Jeff und Luther lehnten schweißüberströmt an der Wand und schnauften wie ein Dauerläufer.

»Ihr habt tolle Arbeit geleistet. Meine Hochachtung.«

Jeff nickte und klopfte Luther anerkennend auf die Schulter.

Die Polizisten, die mittlerweile eingetroffen waren, wollten von Jeff und dem Freund der Frau genau wissen, was passiert war. Es zeigte sich, dass die beiden sich gestritten hatten und zu viel Alkohol im Spiel war. Die Polizisten nahmen den Mann kurzerhand mit.

Langsam gingen wir, an den vielen Menschen, die mit viel Beifall den Weg säumten vorbei, wieder zurück an unseren Tisch.

Sina, Sahra und auch Rob hatten den Vorfall nur von Weitem beobachtet. Sie waren sichtlich betroffen und schwiegen.

Das reale Leben kam sukzessive wieder zurück und das Treiben in der Bar nahm wieder seinen gewohnten Lauf.

Bands aus der Gegend spielten Livemusik aus verschiedenen Musikrichtungen.

Lange Zeit war es an unserem Tisch sehr still und niemand hatte Lust ein Gespräch zu beginnen.

Einige von uns hörten der Musik zu und andere blickten einfach nur in die Runde.

Es war schwer wieder in die Stimmung vor dem Vorfall zurückzufinden.

»Was wolltest du uns eigentlich mitteilen?«, fragte mich Jeff und versuchte wieder in die Normalität zurückzukehren.

»Das nächste Mal.«

»Nein sage es jetzt. Wir sind alle sehr gespannt, was du uns sagen möchtest.«

Jetzt blickten uns alle fragend an. Ich sah zu Sina und sie nickte mir zu.

»Also gut. Sina und ich haben uns verlobt und wollen bald heiraten.«

»Ich habe es mir doch gedacht. Als ich den Ring an Sinas Finger sah, schwante mir schon so was«, sagte Luther und war sichtlich erfreut.

Nun standen alle um uns herum und hoben ihr Glas. Sie gratulierten und wünschten uns alles Gute für unsere Zukunft.

Mir schlotterten noch immer die Knie, denn so etwas hatte ich auch noch nicht erlebt. Ich versuchte, das Gesehene aus meinen Gedanken zu vertreiben, rief den Kellner und bestellte Sekt für unseren Tisch.

Nach einer Weile kam der Kellner mit der Nachricht zu uns, dass Getränke nach unserer Wahl an der Bar bereitgestellt würden. Jeff bedankte sich für die nette Geste.

»Möchten Sie trotzdem den …«

»Kommt, gehen wir an die Bar, dort können wir trinken, was wir wollen«, fiel Jeff dem Kellner ins Wort.

Eigentlich wollte ich mit meinen Freunden auf meine Verlobung mit einem Glas Sekt anstoßen, doch jetzt war es mir auch schon egal. Also setzten wir uns an die Bar.

»Wie schauen denn die Barkeeper aus?«, fragte ich.«

Jeff grinste mit vorgehaltener Hand.

»Die jungen Barkeeper bezeichnen sich nicht mehr als Barkeeper, sondern als Mixologist. Die Älteren schmunzeln darüber. Sie sagen, dass man sich nicht durch anmaßende Namensgebung wichtiger machen solle als man ist und lieber den Fokus auf den Service legen. Die Alten mokieren sich auch über die Mixologen-Mode, die sich historisch gibt. Mit Schnurrbart, Hosenträger und Fliege. Das Aufkommen neuer Tools und Arbeitstechniken habe dem Bartender wohl Flausen in den Kopf gesetzt und im Zuge dieses Höhenfluges habe er sich neu erfunden als Mixologe und als Arschloch, der das Wesentliche vernachlässige. Stattdessen solle er einfach Drinks machen: „You tend a bar. Be proud of that". Dies sagte Ross Gardiner mit Augenzwinkern in einem Beitrag als vorgetragene Provokation im Genussportal „The Savory".

Letztendlich ist es mir egal, wer mir meine Drinks mixt oder das Bier serviert.«

»Es hat sich in der kurzen Zeit deiner Abwesenheit doch einiges verändert«, sagte Luther und machte sich an der Bar Platz.

Der Hosenträger und Fliege tragende Barkeeper, Mixologe oder wie auch immer, kam übertrieben lächelnd auf uns zu.

»Sie sind also die Helden des Abends. Mein Chef sagte mir, dass Sie bestellen und trinken können, was Sie möchten.

Was darf ich Ihnen bringen?«

Sahra und Sina wünschten sich von ihm ein Überraschungsgetränk.

Wir Jungs blieben wie immer, bei unserem Bud. Dies schien dem Hosenträger nicht zu gefallen, denn er verzog leicht säuerlich sein Gesicht, als ob er in eine seiner Zitronen gebissen hätte, was uns überhaupt nicht beeindruckte.

Er gab einer hübschen jungen Frau die Anweisung uns das Bier zu bringen. Wahrscheinlich war es unter seiner Würde uns das Bud zu servieren.

Er hingegen machte sich an die Überraschungsdrinks.

Er füllte den Becher mit allerlei Flüssigem, fährt mit einem Stück Zitrone um den Rand der Cocktailgläser und kühlte sie mit Eiswürfeln auf die perfekte Temperatur herunter, bevor er den frisch geschüttelten Drink in die Gläser einfüllte.

Süffisant lächelnd brachte er die Gläser und überreicht sie den beiden Frauen.

Er konnte kaum erwarten, bis sie ihren Kommentar zu dem gepanschten Etwas von sich geben würden.

Außer einem „hm …" kam von den beiden nichts über ihre Lippen. Dies gefiel ihm überhaupt nicht.

»Na, wie schmeckts?«

Sina und Sahra sahen sich amüsiert an und kicherten.

»Etwas gewöhnungsbedürftig«, sagte Sahra, nachdem sie nochmals am Glas nippte.

Dies reichte ihm und er schritt beleidigt von dannen.

»Das war wirklich nicht nett von euch«, sagte Luther schmunzelnd.

Wir lachten und alle prosteten uns fröhlich zu.

Wir pendelten sehr oft zwischen unserem Tisch und der Bar hin und her.

Wir tranken und brachten den Barkeeper, ich meine den Mixologen, zur Verzweiflung.

Je später es wurde, desto weniger dachten wir an den bedauerlichen Zwischenfall.

Irgendwann waren kaum noch Gäste anwesend. Nur wir wollten die Gunst des Freibiers so richtig auskosten und blieben, bis wir nicht mehr konnten.

»Ich glaube, es geht nichts mehr«, lallte Luther. Dies war das Zeichen des Hosenträgers.

Mit Erleichterung nahm er Luthers Aussage zur Kenntnis.

Mit Freude sammelte er die Gläser und Flaschen vom Tresen und wischte an unseren Plätzen.

»Wir sollten gehen«, lallte nun auch Jeff. Sahra gähnte und nickte.

»Es ist spät«, sagte sie müde.

»Spät? Es ist vier Uhr in der Früh«, stellte Rob nüchtern fest.

»Wie kommen wir jetzt nach Hause?«, fragte Sahra.

»Wir fahren mit dem Taxi, so sind wir auch hergekommen«, sagte ich und bestellte an der Bar eines.

»Rob fährt uns wieder. Er hat uns ja auch hergefahren«, sagte Jeff. Rob bejahte dies, wie immer, stumm mit erhobenen Daumen.

Jeff fragte vorsichtshalber den Barkeeper, ob wir noch eine Rechnung offen hätten. Er schüttelte mit dem Kopf und war sichtlich erleichtert, dass wir nun endlich gingen.

Wir taten ihm den Gefallen und verabschiedeten uns bis zum nächsten Mal.

Erschreckt von unserem Versprechen „bis zum nächsten Mal", wünschte er uns noch einen schönen Tag.

Wir Freunde verabschiedeten uns voneinander und versprachen uns bald wieder zu treffen.

Zum Glück hatten Sina und ich noch eine Woche Urlaub. So konnten wir uns in unser ersehntes Bett legen und den Rausch ausschlafen.

Die nächsten Wochen nach unserem Urlaub waren wieder geprägt von Arbeit und Schlafen. Sina musste fast jeden Tag zwölf Stunden am Tag arbeiten. Ihr Auftrag duldete keinen Aufschub.

Mein Chefredakteur schickte mich von einer Veranstaltung zur anderen.

Es waren lange harte Tage und Wochen.

3

Seit dem Treffen mit unseren Freunden war nun schon ein halbes Jahr vergangen. Wegen der vielen Arbeit war es nicht möglich, uns regelmäßig zu treffen.

War es endlich Wochenende, lagen Sina und ich nur faul auf dem Sofa, lasen oder sahen fern.

Wir hatten beschlossen, dass ich ab sofort zu ihr ziehe. Eigentlich kam der Vorschlag von Aileen und Sina. Eugen war einverstanden.

Also fuhren wir beide in meine Wohnung und nahmen alles mit, was wir für nötig befanden.

Allzu viel wollte ich eigentlich nicht mitnehmen, aber Sina legte dieses und jenes und noch einiges mehr hinzu. Als wir fertig gepackt hatten, war ihr Wagen bis oben hin gefüllt, nur mit meinen Sachen.

»Eigentlich könntest du deine Wohnung kündigen. Was willst du noch hier. Du siehst ja, hier steht fast nichts mehr von dir. Bald gehörst du sowieso mir und deshalb kannst du auch gleich ganz zu mir ziehen.«

Sina grinste und küsste mich.

»Und wenn du mich wieder rausschmeißt, dann habe ich keine Wohnung und muss auf der Straße schlafen.«

»Hast auch wieder recht. Vielleicht sollte ich es mir doch noch mal überlegen.«

Ich sah Sina verdutzt an.

»Das war nur Spaß, das weißt du.«

»Ja, natürlich. Habe es auch so verstanden«, log ich.

»Na, na, es sah aber nicht so aus. Lass uns weiter packen.«

Es dauerte über zwei Stunden, bis wir alles in Sinas Wagen verstaut hatten.

In meinen alten BMW hätte ich das nie unterbringen können. Deshalb nahmen wir Sinas GMC Acadia.

Ich freute mich, dass jetzt das ewige Hin- und Herfahren ein Ende hatte.

Aileens Geburtstag rückte immer näher.

Es kam wieder so ein Wochenende, an dem wir beide nur auf der Couch in unserem Zimmer herumlungerten.

»Aileen hat doch am 30. Juni Geburtstag. Das ist doch ein Samstag oder?«

»Ja, ein Samstag. Wir müssen noch ein Geschenk für sie besorgen. Das dürfen wir nicht vergessen. Du musst auch daran denken.«

»Ich vergesse es nicht. Wie alt wird sie denn?«

»Ma wird 70. Habe ich dir das nicht schon gesagt?«

»Nein, hast du nicht. Eugens Geburtsdatum wusste ich ja. Sie sieht viel jünger aus. Sie ist eine schöne Frau.«

»Genau. Sie ist eine schöne Frau, meine Ma.«

»Sage ich doch.«

»Ach nein und ich?«

»Na ja.«

Kaum hatte ich meine Antwort ausgesprochen, als Sina mir heftig auf die Brust schlug. Für einen Augenblick blieb mir die Luft weg.

»Entschuldige, es tut mir leid.«

»Ist schon gut«, brachte ich gequält hervor.

»So fest wollte ich gar nicht schlagen.«

»Ich habe nicht gewusst, dass du so einen harten Schlag draufhast.«

Sina öffnete mein Hemd und küsste die lädierte Stelle auf meiner Brust.

Langsam erholte ich mich von dem Schlag und konnte auch wieder lachen.

»Du sagtest Geschenk. An was hast du gedacht?«

»Ich weiß es nicht. Es ist schwer. Sie hat ja alles. Hast du eine Idee?«

»Das fragst du mich? Was schenkt man einer Frau, die eigentlich alles hat? Ich habe keine Ahnung.«

»Das wird schwierig.«

»Auf dem Klavier sind doch viele Bilder von euch, von dir, deinem verstorbenen Bruder und von anderen Bekannten oder Verwandten. Wie wärs, wenn wir ein Bild von uns beiden machen lassen. Wir ziehen uns schick an und gehen zum Fotografen. Was meinst du?«

»Das ist eine prima Idee. Und dazu legen wir ihr den seidenen Schal, den sie damals in der Boutique bewundert hat.«

»Das machen wir.«

Damit hatten wir das große Problem, Aileens Geburtstagsgeschenk, gelöst.

4

Wie auch in den letzten Wochenenden taten wir weiter nichts, als uns auszuruhen.

Endlich waren die stressigen Tage und Wochen endgültig vorbei.

Sina hatte wieder normale Arbeitszeiten und mein Chefredakteur teilte mich wieder für kleinere Reportagen ein und schickte mich nicht wieder in weit entfernte Käffer.

Oft hatte ich mir überlegt, mich bei einer anderen Zeitung zu bewerben. Die langweilige journalistische Arbeit machte mir schon länger einfach keinen Spaß mehr. Ich musste die Reportagen erledigen, die andere nicht wollten. Dazu kam noch, dass mein neuer Chefredakteur mich nicht unterstützte, sondern sich von einigen anderen Journalisten, die mich nicht so recht leiden konnten, anstecken ließ und mir die uninteressanten Aufgaben übertrug. Ich bin halt der German und ja gewohnt vom Dorfgeschehen zu berichten. Das Geld stimmte zwar, aber es war keine befriedigende Situation.

Im vergangenen halben Jahr konnte ich mich seelisch etwas festigen und träumte auch nicht mehr so stark vom Erlebten und den Erzählungen in München. Sina half mir sehr dabei, die schrecklichen Träume zu verarbeiten. Sie bewirkte auch, dass meine Seele wieder stärker geworden ist.

Ein Außenstehender würde denken, dass ich psychische Probleme habe. Aber ich bin mit meinem Leben sehr zufrieden und glaube, dass ich keinerlei dieser Probleme habe. Gut, manch einem würden meine schlimmen Erlebnisse nicht umhauen, aber ich bin ein Mensch, der sich vollkommen in einen anderen Menschen hineinversetzen kann und so psychisch stark involviert bin, als ob ich alles selbst erleben würde. Das macht mich anfällig für schlimme Albträume.

Nach Borons und Baumgartners Erzählungen wurde mir so richtig bewusst, wie endlich und fragil unser Leben ist.

Dank Sina konnte ich wieder ruhiger schlafen und den Tag fröhlicher beginnen. Sie akzeptierte zwar meine Meinung, dass unser Leben endlich ist, fand aber, dass es dennoch erst mal darum geht, heute im Hier und Jetzt das Beste daraus zu machen.

In einer Zeitschrift las ich die chinesische Weisheit „Genieße das Leben, es ist später, als du denkst."

Diese Weisheit und Sinas Liebe waren für mich der Startschuss, alles was mich quälte in einen fernen Winkel meines Gehirns abzulegen und diesen fest zu verschließen.

Und das war gut so.

Jetzt kann ich sagen, dass ich wieder der fröhliche und ausgeglichene Mensch bin, der ich früher war.

Ich kann wieder atmen.

Für Aileens Geburtstag beauftragten wir einen der besten Fotografen der Gegend und ließen Fotos von uns machen. Aus einer Vielfalt von Entwürfen suchten wir das schönste Bild aus und wählten einen passenden Rahmen dazu.

Sina besorgte auch noch den Seidenschal, der zum Glück noch nicht verkauft wurde, und so hatten wir ein schönes Geschenk für Aileen.

Am Vortag des Geburtstages musste ich noch kurzfristig eine Reportage über einen verstorbenen Filmkritiker schreiben.

Nachdem mein Chefredakteur meine Arbeit abgesegnet hatte, fuhr ich wieder nach Hause.

Sina erwartete mich schon an der Haustür.

»Hast du mich schon kommen gehört?«

»Der Motor hat dich angekündigt.«

»Ist er so laut?«

»Ja ziemlich.«

»Oh, da muss ich mal nachschauen lassen. Der Auspuff wird wohl defekt sein.«

Sina küsste mich und Prince drängte sich zwischen uns. Ohne ihn zu streicheln, wäre er nicht zu halten gewesen.

Wir folgten seinem Drängen und erst danach trollte er sich sichtlich zufrieden und mit einem

Schwanzwedeln in seinem gewohnt gemächlichen Trott.

»Endlich bist du wieder da.«

»In der Redaktion sagte mir Bill, dass ich für den Independence Day Feiertag eine Reportage schreiben soll. Es kann sein, dass ich die Reportage mit einem Fotografen erstellen darf. Mal sehen, was Bill entscheidet.«

»Bill? Ihr redet euch mit dem Vornamen an?«

»Ja, ich war auch erstaunt, als er mir es anbot. Natürlich habe ich angenommen.«

»So wie ich das interpretiere, kann er dich doch ganz gut leiden oder?«

»Ich weiß auch nicht. Er ist wie umgewandelt. Er ist so freundlich zu mir, dass es fast beängstigend ist. Irgendetwas muss mit ihm passiert sein.«

»Seit er die Reaktionsleitung von Peter übernommen hatte, war er dir gegenüber immer negativ eingestellt. Jetzt gerade das Gegenteil.«

»Ist doch auch egal. Wenn es so bleibt, soll es mir recht sein.«

»Genau.«

»Wie viele Personen werden morgen zur Feier kommen?«

»Das kann ich dir nicht sagen. Ma hat einige Einladungskarten geschrieben. Ich denke, dass einige Freunde und Nachbarn kommen werden.«

»Können wir was helfen?«

»Fragen wir sie. Komm, gehen wir zu ihr. Wo ist sie?«

Aileen saß im Wohnzimmer und las in einer Zeitschrift.

»Wo ist denn Dad?«

»Hast du mich erschreckt.«

»Entschuldige Ma, das wollt ich nicht.«

»Ist schon gut. Dad ist im Garten. Ich weiß nicht was er macht.«

»Wir wollten nur fragen, ob wir dir für deine Feier helfen oder noch etwas besorgen können.«

»Das ist lieb von euch. Wir haben alles erledigt. Das Essen, die Getränke und alles was so dazugehört, wird von einem Catering Service geliefert. Die stellen auch das Personal zur Verfügung. Wir brauchen also nur unsere Gäste begrüßen und es uns gemütlich machen.«

»Das ist auch das Beste. Weißt du wie viele Gäste kommen werden?«

»Ich habe so 80 Einladungen verschickt. Ob sie alle kommen, kann ich nicht sagen. Lassen wir uns überraschen.«

»Genau, lassen wir uns überraschen. Das Wetter soll auch schön werden.«

Am nächsten Morgen ließ mich lautes Vogelgezwitscher aufwachen.

Ich stand leise auf und trat auf den Balkon. Ich blinzelte in die wärmende Sonne und danach mit vorgehaltener Hand in den Garten. Eugen saß nach vorne gebeugt auf der Bank vor dem Teich. Ich öffnete schon den Mund, um ihn zu rufen. Weil ich ihn nicht stören wollte, ließ ich es doch lieber sein. Ich wandte mich ab und beim Umdrehen sah ich, wie sein Körper langsam nach vorne fiel. Erschrocken hielt ich in der Bewegung inne. Dann sprang ich mit einem Satz über das Geländer in den Garten. Ich rannte auf ihn zu und schrie seinen Namen.

Sina und Aileen mussten mich gehört haben und kamen erschreckt in den Garten.

»Was ist mit Dad?«

»Ich weiß nicht«, rief ich ihr zu und drehte Eugen auf den Rücken.

Er schlug die Augen auf und versuchte sich aufzurichten. Ich hinderte ihn daran und drückte ihn sanft zurück.

»Was ist denn? Warum liege ich auf dem Boden?«

»Du hast auf der Bank gesessen und bist umgekippt.«

In der Zwischenzeit standen Sina und Aileen neben uns.

»Was machst du nur für Sachen?«, fragte Aileen.

Sie kniete neben ihm und stützte seinen Kopf in ihren Händen.

»Hat er das öfter?«, fragte ich sie.

»Ja, das ist schon das zweite Mal in dieser Woche.«

»War er schon beim Arzt?«

»Nein, er weigert sich, zu den Quacksalbern zu gehen.«

»Warum redet ihr, als ob ich überhaupt nicht da wäre.«

Eugen löste sich von Aileens Händen und stand auf. Etwas zu schnell, denn er taumelte und wäre sicher wieder umgefallen, wenn ich ihn nicht gestützt hätte.

»Komm, setz dich hin«, sagte ich und setzte ihn auf die Bank zurück.

»Ja, Danke.«

»Du musst zu einem Arzt gehen Dad. Nur er kann erkennen, was du hast.«

»Was soll schon sein. Eine kleine Schwäche, das ist alles«, entgegnete er Sina mürrisch.

»Eugen, damit darfst du nicht scherzen. Du musst dich unbedingt untersuchen lassen, deine Sturheit kann dir das Leben kosten.«

So krass wollte ich es eigentlich nicht formulieren, aber es musste gesagt werden.

Nun war es raus und es war für eine Weile still. Eugens Reaktion erstaunte mich.

»Vielleicht sollte ich mich doch mal untersuchen lassen. Wer weiß, was es ist.«

»Du musst es uns versprechen«, sagte Aileen und weinte.

»Gleich am Montag gehe ich zu Dr. Manson. Das verspreche ich euch.«

Aileen und Sina umarmten Eugen und alle drei vergossen Tränen der Erleichterung.

»Wie bist du so schnell in den Garten gekommen?«, fragte Sina.

»Ich bin über das Geländer gesprungen.«

»Was bist du? Du hättest dir alle Knochen brechen können.«

»Habe ich aber nicht. Ich musste schnell handeln.«

»So hoch ist es ja nicht.«

»Na ja.«

Erst jetzt merkte ich, dass ich mir durch den Sprung das rechte Fußgelenk doch etwas gestaucht hatte. Ich verschwieg es Sina.

Wir gingen zurück in unser Zimmer.

Sina bemerkte natürlich, dass ich vorsichtig auftrat und den Fuß etwas nachzog.

»Du hast dir ja doch wehgetan.«

»Nur ein bisschen verknackst. Geht schon wieder«, log ich und merkte, dass es doch etwas heftiger schmerzte als am Anfang.

»Das sollten wir gleich etwas kühlen.«

Aileen nahm Eugen am Arm und sie gingen ins Haus.

»Sollen wir das Fest absagen?«, fragte Aileen Eugen.

»Nein, auf keinen Fall. Mir geht es doch schon wieder viel besser.«

»Wenn ich aber merke, dass es dir wieder schlechter geht, sage ich alles ab. Du bist mir wichtiger als die Feier.«

Eugen nickte und legte sich auf die Couch.

»Es ist alles wieder in Ordnung. Mache dir keine Gedanken.«

Sina machte mir einen kalten Wickel um den lädierten Knöchel und wir legten uns beide auf die Couch.

Am nächsten Morgen, Aileens Geburtstag traten wir gut ausgeschlafen, ich mit einem dicken Fuß humpelnd, in das Esszimmer.

Aileen saß am Tisch und hatte wie immer, schon alles zum Frühstück vorbereitet.

»Hat Eugen schon gefrühstückt?«, fragte ich neugierig.

»Er meinte, dass es heute ein harter Tag werden würde und deshalb hat er sich noch etwas hingelegt.«

»Mom, das ist gut und vernünftig. Wir werden dafür sorgen, dass er am Montag zum Arzt geht und sich gründlich untersuchen lässt.«

»Das werden wir. Kommt, setzt euch.«

»Apropos Arzt. Wie geht es deinem Fuß? Ich sehe, dass du ihn noch etwas schonst.«

»Ist noch etwas geschwollen, aber schmerzt nicht mehr ganz so stark.«

»Wie kannst du auch vom Balkon runterspringen. Du hättest dir alles brechen können.«

»Ich musste schnell handeln. Das geht schon wieder vorbei. Davon machen wir jetzt kein Aufheben.«

Nachdem wir dies auch geklärt hatten, setzten wir uns zu Aileen und frühstückten ausgiebig.

Gegen zwölf Uhr kam der Catering Service, um alles vorzubereiten. Sie stellten die mitgebrachten Tische und Stühle auf, schmückten den Garten mit Lampions und bunten Girlanden.

»Frank.«

»Frank«, rief mich eine Stimme wiederholt.

Ich merkte, wie mich jemand am Arm fasste und schüttelte. Es kam mir heftig und brutal vor. In Wirklichkeit aber wurde mein Arm ganz sanft gestreichelt.

»Schatz, werde wach.«

Ich schlug die Augen auf und sah meine große Liebe.

»Irgendetwas habe ich geträumt, nur weiß ich nicht was. Geht es dir auch manchmal so? Du träumst, wirst wach und bist anschließend völlig durch den Wind.«

»Geht mir auch manchmal so. Es ist ein komisches Gefühl.«

»Ich habe mal gelesen, wenn man sich nicht mehr an seine Träume erinnern kann, dann bedeutet das, dass man das Problem, von dem man geträumt hat, verarbeitet wurde, daher sollte man es als positives Zeichen sehen.«

»Ob das stimmt? Ich weiß es nicht.«

»Egal Liebes, das ist mir nur so durch den Kopf gegangen.«

»Du solltest dich jetzt umziehen, es ist schon fast halb zwei.«

»Dann tue ich das mal.«

Den kalten Wickel, den mir Sina noch um den Knöchel legte, nahm ich ab, stand von der Couch auf und ging noch immer etwas schonend auf unser Zimmer.

Während ich mich fertig machte, fragte ich:

»Weißt du, wann die ersten Gäste kommen werden?«

»Mom sagte so gegen drei.«

»Aha.« Mehr konnte ich nicht sagen, denn ich putzte mir die Zähne und war mit meinen Gedanken schon bei der Party.

Von draußen ertönte Stimmengewirr und leise Musik.

Ich zog meinen grauen Anzug mit den dezenten Streifen aus dem Schrank.

»Den habe ich schon lange nicht mehr angehabt.«

»Was hast du schon lange nicht mehr angehabt?«

»Meinen grauen Anzug.«

»Den kenne ich ja gar nicht.«

»Dann siehst du, wie lange das schon her ist.«

»Der ist sehr schick.«

So ging die Konversation über meinen Anzug noch eine ganze Weile weiter.

In der Zwischenzeit war Sina ebenfalls umgezogen. Sie hatte ihre neue Hose und Jacke ausgewählt.

»Mann bist du hübsch. Das steht dir vorzüglich. Du schaust aus wie … wie eine …«

»Na, wie was? Sprich dich nur aus.«

»Elegant halt.«

»Vielen Dank mein Schatz. Du weißt schon, dass es der Anzug ist, den wir beim Shoppen gekauft hatten.«

»Na klar weiß ich das. Ich war doch dabei.«

»Jetzt sind wir beide schick angezogen. Fast im gleichen Farbton.«

»Wir könnten doch schon runter gehen oder?«, sagte Sina und nahm mich am Arm.

»Das machen wir.«

Wir gingen in den Garten und schauten, was alles schon aufgebaut war.

Tische waren in Reih und Glied mit einer Riesenpalette an Essbaren aufgereiht.

Maiskolben, Folienkartoffeln, Schwenksteaks, Bratwurst, Hotdogs, gemischte Salate.

Verschiede Arten von Braten. Eine Menge an Kuchen und Pudding.

»Sina, wer soll denn das alles Essen. Das ist doch viel zu viel.«

»Mom und Dad tischen immer viel zu viel auf. Was übrig bleibt, kommt zur Tafel für Bedürftige.«

»Dann hoffe ich, dass viel übrig bleibt.«

Die ersten Gäste waren eingetroffen und Aileen begrüßte jeden einzelnen per Handschlag und bei den ganz engen Freunden und Bekannten mit Küsschen.

Einige Gäste kannte ich und einige waren mir völlig fremd.

Zum Glück war der Garten ziemlich groß und verwinkelt und so verteilten sich die mittlerweile vielen zahlreichen Gäste.

»Das hört ja gar nicht mehr auf. Wie viele kommen denn noch? Du sagtest doch was von 80 oder? Ich habe den Eindruck, als ob hunderte hier wären. Kennst du alle?«

»Nun übertreibe mal nicht. Ich kenne auch nicht alle. Nur die Nachbarn oder unsere Freunde.«

»Ich gehe mal auf die Toilette. Kann ich dich alleine lassen?«, fragte ich Sina und grinste.

Sie schlug mit einem leichten Klaps auf meinen Unterarm und gab mir einen Luftkuss.

Als ich erleichtert wieder den Garten betrat, bemerkte ich, dass Sinas Cousin Nicholas bei ihr stand und sie verbal bedrängte.

»Gibt es ein Problem?«

Nicholas ließ seine Hand von Sinas Arm sinken und sah mich ziemlich giftig an.

»Nein, alles in Ordnung«, sagte Sina beschwichtigend, war aber über mein Kommen sichtlich erleichtert.

Ich nahm Sina am Arm und zog sie weg von ihm und ging mit ihr in den hinteren Teil des Gartens.

»Was wollte er von dir? Warum hatte er dich so grob festgehalten?«

»Nicht der Rede wert. Hat sich erledigt.«

»Das sah aber ganz anders aus.«

Noch während ich über den Vorfall nachdachte, hörte ich bekannte Stimmen. Verwundert drehte ich mich nach ihnen um und sah in die vertrauten Gesichter unserer Freunde.

»Hast du sie eingeladen?«, fragte ich Sina die neben ihrer Mutter stand.

»Nein, das war Mom.«

»Das war sehr nett von dir«, sagte ich zu Aileen in einer kurzen Pause der Begrüßungsphase.

»Genau das habe ich mir gedacht, als ich eure Freunde eingeladen habe. Es würde euch eine große Freude bereiten und ich kann sie endlich mal persönlich kennenlernen.«

»Diese Überraschung ist dir gelungen Mom. Wirklich.«

Aileen lachte und begrüßte weitere Gäste.

Sina und ich begrüßten unsere Freunde mit einem riesigen Hallo.

Jeff war der Erste, der uns umarmte und herzlich drückte.

»Ich dachte schon, dass wir uns nie mehr sehen würden«, sagte Luther und seine weißen Zähne blitzten in der Sonne.

Rob kam langsam und schüchtern auf uns zu, gab uns die Hand und bedankte sich bei Sina für die Einladung.

»Was macht die Musik? Viel zu tun?«, fragte ich ihn.

»Och, ganz gut. Habe viele Auftritte. Zu viele. Wird langsam stressig.«

Kurz und knapp war die Antwort. So wie wir es von unserem Rob gewohnt waren. Er war einfach kein Mann der Worte. Obwohl Worte auch melodisch sein können. Seine Worte hingegen waren die Musik. Über diese konnte er sich viel besser ausdrücken.

»Wer ist denn der Typ da drüben am Buffet? Der glotzt schon die ganze Zeit zu uns rüber«, flüsterte Jeff mit vorgehaltener Hand.

»Das ist Sinas Cousin.«

»Komischer Kerl.«

»Das stimmt.«

Wir redeten noch über alle Themen, die sich gerade so ergaben.

»Ich glaube, jetzt sind alle Gäste anwesend«, sagte Sina und wandte sich an ihre Mutter.

»Mom, ist Dad noch in seinem Zimmer?«

»Ich glaube, er zieht sich gerade um.«

»Ich sehe mal nach ihm. Ich komme gleich wieder.«

Sina ging zu ihrem Vater und nach einer Weile kamen beide in den Garten.

Ich sah, dass es ihm schon wieder deutlich besserging. Er hatte sich in der kurzen Zeit doch wieder gut erholt.

Eugen ging zu Aileen und sie hakte sich bei ihm unter.

»Wie geht es dir Eugen?«, fragte ich ihn.

»Geht schon wieder. Danke.«

»Mom, du solltest jetzt eine kleine Ansprache halten.«

»Nein, das kann ich nicht. Mach du das. Bitte.«

»Sage wenigstens, dass du dich über ihr Kommen freust.«

Aileen erfüllte Sinas Wunsch.

Die zahlreichen Gäste klatschten Beifall und Aileen freute sich über ihre kurze und gelungene Rede.

Sina räusperte sich kurz und begann ihrerseits die Geburtstagrede, zu Ehren ihrer Mutter, zu halten.

Sie klopfte gegen das Mikrofon und wartete, bis alle zuhörten.

»Zu Aileens Ehrentag möchte ich ganz gerne eine kleine Rede halten.

Für dich Mom, die du immer für mich da warst. Von Kind an bis zum heutigen Tage.

Die Zeit vergeht heute viel zu schnell, dennoch bist und bleibst du der Mensch in unserem Leben, den wir so schätzen und lieben.

Stets besonnen hattest du für jede Situation den richtigen Rat parat. Auch diese Eigenschaft an dir ist einfach nur Gold wert.

Natürlich gab es auch Zeiten in deinem und in meinem Leben, die nicht so toll waren. Doch das gehört zum Leben eines Menschen dazu. Man geht entweder mit dem Strom oder schwimmt gegen ihn an. Oft hast du mir den Mut gegeben gleiches zu tun, weshalb ich dir hier und heute zu deinem 70. Geburtstag danken möchte.

Stets hast du es geschafft die Familie aufrecht zu halten und den Zusammenhalt untereinander zu stärken. Du verstehst dich wirklich daran, eine Familie zu führen, und in der Tat kann ich nur sagen, du bist ein Profi. Im Namen aller möchte ich dir alles erdenklich Gute zum Siebzigsten wünschen.

Auf dich, die beste Mutter der Welt!!

Darauf lasst uns anstoßen.«

Alle erhoben ihre Gläser in Aileens Richtung und tranken auf ihr Wohl.

Aileen erhob ihr Glas und Tränen liefen ihr über die Wangen. Eugen küsste sie und sie lachte verlegen.

»Tolle Rede mein Schatz. Hat mir gut gefallen«, sagte ich zu Sina.

Die Jungs stimmten mir zu, erhoben ihre Gläser und prosteten Sina zu.

»Wir wärs denn mit einem Happen? Wer geht mit?«, fragte Luther und alle gingen zum Buffet.

So richtigen Appetit hatte ich noch nicht, legte nur etwas Hühnchen mit Brot auf meinen Teller.

Langsam ging ich um den Tisch herum um vielleicht doch noch etwas mehr auf meinen Teller zu legen.

»Du kriegst sie nicht. Nicht so lange ich lebe.«

Ich drehte mich zur Seite und sah Nicholas neben mir stehen. Er sah auf den Tisch und füllte dabei seinen Teller.

»Was sagst du da?«

»Du hast mich schon verstanden«, flüsterte er.

»Was fällt dir ein? Ich glaube, du hast eine Meise«, sagte ich empört, dass es jeder hören konnte.

Nicholas richtete sich mit seiner ganzen Größe auf, schaute mich an, schüttelte mit seinem Kopf, sah in die Runde und ging weiter.

Jetzt sah mich jeder an, als ob ich Nicholas angemacht hätte.

Ich kam mir wie ein Idiot vor.

Jeff kam auf mich zu und fragte mich, was das eben war.

Langsam begriff ich, was er gemeint hatte.

Sina und die Freunde kamen auf mich zu und sahen, wie wütend ich war.

»Was war denn mit Nicholas los?«, fragte mich Sina.

»Er sagte: „Du kriegst sie nie. Nicht so lange ich lebe". Er hat mich bedroht dieser Idiot. Ist der nicht ganz dicht?«

Sina versuchte, mich zu beruhigen.

»Der ist bestimmt eifersüchtig auf dich«, stellte Jeff fest.

»Ich habe doch gewusst, dass das ein blöder Typ ist«, sagte Luther.

»Dem trete ich in den Arsch. Wo ist er hin?«, fragte Jeff und sah um sich.

»Lass ihn. Er wird schon merken, dass er damit nicht weiterkommt«, beruhigte ich ihn.

»Ich habe es mir schon gedacht. Er hat sich in der letzten Zeit immer so komisch benommen. Frank, glaube mir, ich habe ihm zu keiner Zeit irgendwelche Hoffnung gegeben. Im Gegenteil, ich kann ihn nicht leiden und habe ihm das auch schon oft sehr deutlich gesagt.«

»Vielleicht ist er deshalb so stinkig auf Frank.«

»Da bin ich mir jetzt auch sicher Luther«, antwortete Sina.

»Kommt, trinken wir einen«, sagte ich und wir gingen in den letzten Winkel des Gartens und setzten uns auf die Wiese.

So konnten wir den ganzen Garten überblicken.

Wir tranken Sekt oder Bier und erzählten über unseren Alltag.

Die Band spielte Oldies aus den sechziger Jahren und wir hatten den Vorfall schon wieder fast vergessen, als wir sahen, dass Nicholas aufgeregt auf Sinas Vater einredete.

Eugen winkte immer wieder ab und sah sehr erzürnt aus.

»Was macht der mit Dad. Er soll sich doch nicht aufregen.«

Sina stand auf und lief zu Eugen.

»Bleibt ihr bitte hier«, rief sie uns noch zu.

Wir beobachteten die Szene, die zu eskalieren drohte.

Prince stand neben mir und knurrte.

»Ich muss da hin und sehen, was da los ist«, sagte ich und rannte ebenfalls los.

»Wir kommen mit«, sagte Jeff und alle gingen zur Versammlung, die sich mittlerweile gebildet hatte.

Eugen schrie mit hochrotem Gesicht. Sina und Aileen versuchten, ihn zu beruhigen. Nicholas stand da und grinste nur abfällig.

»Ich glaube, du solltest jetzt lieber gehen«, sagte ich zu ihm.

Prince stellte sich drohend zwischen mir und Nicholas.

»Was geht dich das an? Gehörst du zur Familie? Nein, also halte deine Schnauze.«

Das war für Jeff und Luther zu viel.

»Wir gehören zwar auch nicht zur Familie, aber du verschwindest jetzt freiwillig oder wir tragen dich hinaus«, drohte ihm Jeff und baute sich mit seiner vollen Körpergröße vor ihm auf.

Luther und Jeff nahmen ihn in die Mitte und geleiteten ihn hinaus.

Tobend und fluchend verließ er endlich die Feier.

Eugen sank auf einen Stuhl und atmete schwer. Aileen gab ihm ein Glas Wasser mit Beruhigungstropfen.

Ich nahm Sina zur Seite und fragte sie, was wieder los gewesen sei.

»Er beleidigte Dad. Er fragte, wieso er mich mit einem Nichts verkuppeln würde. Dies ließ sich Dad nicht gefallen und erwiderte ihm, dass es meine Entscheidung sei, mit wem ich mich verloben würde. Daraufhin beleidigte er dich und meinen Dad auf übelster Weise. Ich will das auch nicht wiederholen.

Ich weiß nicht, was den Kerl geritten hat. Dad hat ihm gesagt, er soll sich hier nie mehr blicken lassen. Zum Glück seid ihr dann gekommen.«

»Jetzt ist er ja weg und hoffentlich kommt er nie wieder hier her.«

Wir gingen zu Eugen und Aileen zurück. Sie wirkten schon wieder etwas entspannter.

»Dad, ich glaube, wir sollten die Verlobungsansage für heute verschieben. Was meinst du?«

Sina sah mich fragend an und ich nickte ihr zu.

»Das kommt überhaupt nicht in Frage, sollen wir uns von so einem das Fest vermiesen lassen? Nein, natürlich nicht. Ich werde die Verlobung später bekannt geben. Vorausgesetzt ihr wollt das.«

»Natürlich wollen wir. Jetzt erst recht.«

Sina drehte sich zu mir, umarmte mich, und küsste mich demonstrativ.

»Es ist alles in Ordnung, feiert weiter. Tanzt, trinkt und amüsiert euch«, sagte Eugen zu den Gästen in seiner beruhigenden Art.

Die Band spielte „Mother in law". Aileen sah mich an und musste lachen. Ich schnallte es in diesem Moment gar nicht. Erst als mich Sina anstieß und lachte.

»Verstehst du nicht? Mother in law!«

»Ja, natürlich. Da freue ich mich jetzt schon sehr darauf«, sagte ich und lächelte Aileen zu.

Langsam kehrte die Stimmung wieder zurück und wir amüsierten uns prächtig.

Die Band machte eine Pause um etwas vom Buffet zu sich zu nehmen.

Die Jungs sahen zu Rob und munterten ihn auf etwas auf dem Klavier zu spielen. Er winkte nur ab.

»Rob, Rob, Rob, skandierten sie und alle Gäste machten nach anfänglichem Zögern mit und so blieb Rob nichts anderes übrig, als sich an das Klavier zu setzen und zu spielen.

Luther zwinkerte mir zu und ich musste lachen.

Alle die Rob kannten, dachten, dass er nun Klassisches von sich geben würde. Da hatten sie weit gefehlt, denn er spielte Chuck Berrys Johnny B. Goode. Wir schauten uns an und konnten es nicht glauben. Alle waren aus dem Häuschen. Die Band ließ alles stehen und liegen, sie stürmten auf das Podest und spielten mit.

Rob hatte das Entscheidende beigetragen. Alle Anwesenden klatschten Beifall und tanzten nach dem explodierenden Rhythmus.

Die Wohlfühluhr stellte sich wieder auf null.

Einige Zeit später, Eugen hatte sich wieder gefasst und er tat, was er vorhatte zu tun. Er kündigte die Verlobung seiner Tochter mit dem Journalisten Frank Newman an. Er stellte seinen Gästen das frischgebackene Paar vor.

Den Beifall der Gäste war er mit seiner Enthüllung gewiss.

Sina und mich freute es, dass er trotz der widrigen Umstände, an uns festhielt.

»Mom und Dad lieben dich sehr. Ich habe meine Eltern noch nie so glücklich gesehen wie heute.«

»Ich bin auch sehr glücklich, sie als zukünftige Schwiegereltern haben zu dürfen.«

Als Aileen und Eugen die Gäste aufforderten die Gläser zu erheben und auf uns anzustoßen, konnte sich Sina nicht mehr zurückhalten und sie weinte wie ein Schlosshund, als ob man ihr das Spielzeug weggenommen hätte. Es schüttelte sie und ich musste sie festhalten und trösten.

»Entschuldigt bitte. Ich bin so glücklich«, stotterte sie.

»Ist schon gut, lasse es raus, das ist gut so«, sagte Aileen und nahm sie in die Arme.

Unsere Freunde hatten sich direkt vor Sina aufgebaut und so hatte von den Gästen keiner den direkten Blick auf Sina und ihre Weinattacke.

Spät in der Nacht, als sich die letzten Gäste und unsere Freunde verabschiedet hatten, Aileen und Eugen zu Bett gegangen waren, saßen wir noch eine lange Zeit vor dem Lagerfeuer, welches unsere Freunde angezündet hatten. Wir tranken und freuten uns, dass das Fest nun doch noch einen so gelungenen Lauf genommen hatte.

Sina schmiegte sich glücklich und zufrieden an mich und schlief ein.

Als wir zu Bett gegangen waren, konnte ich lange nicht einschlafen.

Meine Gedanken kreisten immer und immer wieder um Nicholas und seine Äußerungen mir gegenüber.

Gegen acht Uhr wachte ich mit stechenden Kopfschmerzen auf. Ich sah Sina an, sie schlief noch fest und ihr Atem blies mir ins Gesicht.

»Wie schön sie ist«, dachte ich.

Ich sah sie lange an und als ob sie es ahnte, schlug sie ihre Augen auf und lächelte mich an.

»Guten Morgen Liebling. Bist du schon lange wach?«

»Nein, bin auch erst aufgewacht. Hast du gut geschlafen?«

»Ja, aber ich glaube, dass ich geträumt habe, aber was, dass weiß ich nicht. Du kennst es ja auch.«

»Genau, kenne ich auch. Du wachst auf und du weißt, dass du geträumt hast, aber du kannst dich an nichts erinnern. Das quält mich noch lange in den Tag hinein. Irgendwann denkt man nicht mehr daran, bis zum nächsten Morgen. Es ist wie „Und täglich grüßt das Murmeltier".«

»Genau, so ist es. Du triffst es auf den Kopf.«

»Heute ist ein herrlicher Sonntagmorgen. Wir frühstücken und dann faulenzen wir den ganzen Tag. Legen uns auf die Wiese und springen in den Pool. Was meinst du Liebes.«

»Das ist eine gute Idee. Lass uns das so machen.«

Als wir in die Küche kamen, saßen Aileen und Eugen bereits am Tisch und unterhielten sich. Als sie uns sahen, unterbrachen sie ihre Unterhaltung abrupt.

»Gut geschlafen?«, fragte Aileen und lächelte etwas gequält.

Irgendetwas hat beide beschäftigt, man konnte es am Ausdruck in ihren Gesichtern erkennen.

Aber was. Vielleicht ging es um Nicholas.

»Danke, ganz gut«, antwortete Sina und sah mich dabei an, um auch meine Bestätigung einzuholen. Ich nickte brav und setzte mich wortlos an den Tisch.

Eugen saß mir gegenüber und sah abwesend an mir vorbei ins Leere.

Sina und ich frühstückten, ohne ein Wort zu sprechen.

Wir dachten, dass Aileen und Eugen keine Lust auf Gespräche hatten.

Erst als wir das Frühstück beendet hatten, löste Eugen seinen Blick aus dem leeren Raum und sah lächelnd in die Runde, als ob er gerade in diesem Moment aufgewacht wäre.

»Guten Morgen.«

»Guten Morgen Dad«, antworteten Sina und ich fast synchron.

»Was habt ihr heute noch vor?«, fragte Aileen.

»Wir wollen heute nichts weiter unternehmen. Wir legen uns an den Pool und faulenzen«, sagte Sina und ich nickte und nahm noch einen Schluck Kaffee.

»Und was macht ihr?«

»Meine Cousine hat uns zum Kaffee eingeladen. Ich denke, wir sollten sie mal besuchen. Eugen machen wir das?«

Wir schauten Eugen an und warteten auf seine Antwort.

»Eugen. Machen wir das?«

Aileen fasste nach seiner Hand und Eugen nickte.

»Gut, dann fahren wir nach Boston.«

Damit war das Thema abgeschlossen.

Sina und ich taten das, was wir beschlossen hatten und begaben uns an den Pool.

Ich streckte meine Hand in das Wasser und zuckte zusammen.

»Zum Schwimmen ist es noch etwas frisch. Ich glaube wir müssen noch etwas warten.«

»Es ist noch früh am Morgen. Das wird schon. Es soll heute wieder sehr warm werden.«

»Du hast ja recht.«

Wir legten uns auf die Sonnenliegen. Sina nahm ihr Buch und ich las aus den gestrigen Ausgaben der New York Post und New York Times.

Prince legte sich in den Schatten und hechelte vor sich hin.

Irgendwann tanzten die Buchstaben vor meinen Augen und ich wurde schläfrig.

Die Zeitung fiel auf den Boden und ich schlief ein.

»Schatz, du solltest dich eincremen. Die Sonne scheint schon ziemlich heftig.«

Erschrocken schnellte ich in die Höhe und griff auf meine Brust. Sina lachte und ich musste mich erst einmal orientieren.

»Mann bin ich erschrocken. Ich dachte, es ist ein Überfall.«

»Ein Überfall? Wie kommst du denn darauf.«

»Ich weiß auch nicht.«

Sina lachte noch immer und konnte sich kaum halten.

»Du solltest mal dein Gesicht sehen.«

»Ja lach nur, ich werde mich revanchieren.«

Irgendwann beruhigte sich Sina und ich kam langsam wieder zu mir.

Wir stiegen in den Pool, schwammen ein paar Runden, legten uns wieder auf die Sonnenliegen und es ging wieder von vorn.

Wenn wir Hunger und Durst hatten, holten wir uns etwas aus der Küche.

So ging es den ganzen Tag.

Irgendwann kamen Aileen und Eugen von ihrem Besuch zurück und erzählten die neuesten Klatsch- und Tratschgeschichten.

Es war ein herrlicher fauler Tag.
Solche Tage sollte es öfter mal geben.

5

Am nächsten Morgen klingelte um sechs Uhr der Wecker und ich stand wie immer, als Erster auf. Sina konnte noch bis um halb acht schlafen.

Nach dem Duschen und dem Frühstück verabschiedete ich mich von Sina.

»Ich weiß nicht, wann ich heute nach Hause komme«, flüsterte ich noch an der Tür und verschwand.

Ich fuhr zur Redaktion.

Was wird der heutige Tag in der Redaktion wohl bringen. Wohin werden sie mich heute wieder schicken?

Fast jeden Tag sind das die Fragen, mit denen ich leben muss.

Wie befürchtet musste ich heute mit meinem alten BMW wieder viele Kilometer fressen.

Zuerst fuhr ich zur Ausstellung "Summer of Love" in das Whitney Museum. Studenten der Paul Green School of Rock sollten den ganzen Tag dort aufspielen.

Oder in den Carl Schurz Park an der East End Avenue in der 84th Street.

Der Troubadour Dana Banana spielte Melodien aus seinem letzten Album "Suddenly Summer." Danach in den Bronx Zoo. Die Seelöwen Adrienne, Cleo und Indy waren nach einer 18-monatigen Zoo-Renovierung zum Zoo zurückgekehrt.

Und so weiter. So war ich den ganzen Tag auf Achse.

Wie ich schon ahnte, wurde es doch wieder ein sehr langer Tag für mich.

Gegen 19:30 kam ich zurück und wie gewohnt begrüßte mich als erster Prince grunzend und mit wedelten Schwanz. Aileen und Eugen saßen im Wohnzimmer und lasen.

»Hallo ihr zwei, wie gehts?«

»Du bist aber sehr spät heute«, sagte Aileen.

»Ich bin in ganz New York unterwegs gewesen. Zum Glück habe ich ein Auto«, sagte ich scherzend und alle lachten.

»Wo ist denn Sina?«

»Sie ist noch nicht da. Vielleicht muss sie auch länger arbeiten«, antwortete Aileen.

»Ich dachte, sie würde heute wieder hier in ihrem Homeoffice Büro arbeiten.«

»Rick ihr Boss hat angerufen. Sie müssten ihre neuen Büros einrichten. Sie sind doch nach Hicksville umgezogen.«

»Das wusste ich nicht. Vielleicht kommt sie auch gleich.«

Aus dem „gleich" wurde leider nichts.

Also warteten wir weiter.

Wir warteten vergeblich über drei Stunden auf sie.

Ich versuchte sie über ihr Handy zu erreichen, aber sie meldete sich nicht.

»Habt ihr eine andere Telefonnummer ihrer Firma? Da meldet sich auch keiner.«

»Nein«, sagte Aileen knapp.

Eugen saß in seinem Ohrensesel und beobachtete uns.

»Wir müssen die Polizei anrufen«, sagte Aileen und sah fragend zu Eugen.

»Das ist noch zu früh. Die können jetzt noch nichts machen. Wir müssen bis morgen warten. Vorher geht da gar nichts.«

Jetzt konnten wir den Polizisten hören, sachlich und kühl.

»Eugen, so lange können wir nicht warten. Wenn ihr etwas passiert ist?«, entgegnete Aileen besorgt.

»Ich versuche es noch mal mit dem Handy. Sie wird bestimmt bald kommen.«

Ich wählte immer und immer wieder ihre Nummer, aber es tat sich nichts.

Verzweifelt rief ich Jeff an und erzählte ihm von unseren Sorgen.

»Was sollen wir tun? Hast du einen Rat?«

»Jetzt macht euch mal keine Gedanken. Vielleicht ist sie mit den Kollegen unterwegs und hat ihr Handy ausgeschaltet. Sie wird schon noch kommen, glaubt mir. Wenn Sie morgen früh immer noch nicht zu Hause ist, dann rufe mich sofort wieder an. Hast du verstanden?«

»Ja, du hast ja recht. Vielleicht überreagieren wir. Wir warten einfach noch etwas ab.«

»Ja macht das. Bis morgen.«

Ich war enttäuscht von Jeffs kühler Antwort und konnte es nicht fassen, dass ein Freund mir solche Antwort gab. Was würde er machen, wenn es um seine Freundin ging?

»Was hat Jeff gesagt?«, unterbrach mich Aileen in meinen Gedanken.

»Wir sollen bis morgen früh warten. Mehr können wir jetzt nicht tun.«

»Genau das, was ich euch gesagt habe. Wir können jetzt nichts tun. So schlimm es für uns auch sein mag. Wir müssen warten. Vielleicht ist sie mit ihren Arbeitskollegen unterwegs und hat ihr Handy ausgeschaltet. Sie wird noch kommen.«

Eugen hatte ja recht, genau wie Jeff.

Ich ging hinauf in unsere Wohnung.

»He Prince, was machst du denn hier? Mr. Smith du auch hier?«

Prince lag neben Sinas Bett und der Kater lag auf meinem. Ich schüttelte den Kopf und ging ins Bad, um zu duschen.

Danach zog ich frische Klamotten an und begab mich wieder nach unten zu Aileen und Eugen.

»Wisst ihr, dass Prince und der Kater bei uns oben im Schlafzimmer sind?«

»Ach dort sind sie«, sagte Eugen und grinste.

Ich versuchte immer und immer wieder, Sina über ihr Handy zu erreichen.

Eine automatische Ansage teilte mir mit, dass der Teilnehmer nicht zu erreichen sei, und bat mich eine Nachricht zu hinterlassen.

»Sina, wenn du diese Nachricht hörst, dann melde dich bitte sofort.«

Mittlerweile sind mehrere Stunden vergangen und keine Antwort von Sina.

Ich griff wieder zu meinem Handy und rief sie an, aber jetzt war der Anschluss tot. Kein Freizeichen, nichts.

Jetzt wurde ich ernsthaft nervös.

»Was sollen wir tun? Jetzt ist nicht mal mehr ein Freizeichen zu hören. Nichts mehr. Sie schaltet doch nicht ihr Handy aus. Das hat sie noch nie gemacht. Es muss etwas passiert sein. Ich halte das nicht mehr aus.«

Aileen und Eugen versuchten mich, zu beruhigen.

»Vielleicht ist ihr Akku leer. Sie wird bestimmt bald kommen«, versuchte Eugen, mich zu beruhigen.

»Ich rufe noch mal Jeff an. Vielleicht hat er jetzt eine Idee, was wir machen können.«

»Frank, was gibt's? Ist Sina zu Hause?«

»Nein Jeff. Ich kann sie nicht erreichen. Ihr Handy ist tot. Jeff, es muss was passiert sein. Das ist nicht normal. Was können wir tun?«

»Bleibt ruhig, ich komme zu euch.«

»Danke mein Freund.«

»Jeff kommt gleich.«

Aileen und Eugen waren sichtlich erleichtert.

»Wie spät ist es?«, fragte ich und ging nervös im Zimmer auf und ab.

»Es ist halb Eins.«

Es dauerte keine Stunde bis es klingelte.

Jeff und Luther standen vor der Tür.

Luther klopfte mir auf die Schulter und ging an mir vorbei ins Wohnzimmer.

»Ist sie da?«

»Nein, leider nicht«, antwortete Aileen und begrüßte unsere Freunde.

Eugen bedankte sich für ihr kommen.

Alle Augen waren auf Jeff gerichtet. Er ist der Fachmann, er kennt sich mit solchen Situationen aus. Nur er weiß, was zu machen ist.

»Gib mir dein Handy«, sagte er und wählte Sinas Nummer.

Nichts!

»Es wurde abgeschaltet oder weggeworfen.«

»Weggeworfen? Was soll denn das heißen? Was meinst du mit weggeworfen?«, fragte ich und sah Jeff mit entsetzten Augen an.

»Leute, wir müssen mit allem rechnen. Ich gehe davon aus, dass sie nicht mit ihren Kollegen unterwegs ist. Sina würde ihr Handy nie ausschalten. Entweder sie ist in einen Unfall verwickelt oder …»

»Was meinst du mit oder. Oder was?«

Ich war hysterisch. Ich konnte nicht mehr klar denken.

»Trink das!«, befahl mir Luther.

»Was ist das?«

»Trink und halt die Klappe, du bist ja völlig hysterisch. Was soll das? Du musst jetzt einen klaren Kopf behalten. So kenne ich dich gar nicht. Meinst du so können wir überlegen, was wir tun können? Also, reiß dich zusammen und nimm das.«

Luther hatte völlig recht. Ich benahm mich wie ein kleines Kind. Ich trank das Glas aus und es schüttelte mich heftig durch. Die Wärme des Getränkes floss angenehm durch meinen Körper. Ich atmete langsam und tief ein.

»Na, geht es nun besser?«, fragte Jeff und legte seine Hände auf meine Schultern.

»Ja, schon besser. Tut mir leid, ich habe mich wie ein Idiot benommen.«

Aileen und Eugen sahen mich besorgt an.

Ich nickte ihnen zu und hob meine rechte Hand zum Zeichen „alles in Ordnung".

Jeff bat uns, am Tisch Platz zu nehmen.

»Also, wir müssen vom Schlimmsten ausgehen. Wir alle kennen Sina, sie würde nie weggehen, ohne euch Bescheid zu geben. Wir müssen davon ausgehen, dass sie, wie ich schon erwähnte, vielleicht in einen Unfall geraten ist. Wo ist sie überhaupt hingefahren? Wisst ihr das?«

»Sie ist in das neue Büro ihrer Firma nach Hicksville gefahren, um dort ihr Büro einzurichten. Mehr wissen wir auch nicht«, sagte Aileen.

»Also, wenn sie ganz normal die Strecke vom Büro in Hicksville hierhergefahren ist, dann kann ihr ja auch nur auf dieser Strecke eventuell etwas passiert sein. Wir werden alle Krankenhäuser in diesem Gebiet anrufen und nach Einlieferungen fragen. Eugen, du hast doch bestimmt noch gute Verbindungen zu deinen ehemaligen Kollegen. Du könntest nachfragen, ob ein Unfall auf dieser Strecke gemeldet wurde.«

Eugen machte sich daran auf seinem Revier anzurufen.

Wir nahmen unsere Handys und riefen die Krankenhäuser an, die auf ihrem Weg lagen.

Wieder war über eine Stunde vergangen und das Ergebnis unserer Befragungen war negativ. Kein Unfall auf dieser Strecke war das Fazit.

»Was machen wir nun?«, fragte ich niedergeschlagen.

Ich war natürlich nicht enttäuscht, sondern froh, dass Sina keinen Unfall hatte. Ich war aber enttäuscht, dass wir nichts über Sinas Aufenthaltsort in Erfahrung gebracht hatten.

Ratlos und schweigend saßen wir um den Tisch.

Luthers tiefe Stimme riss uns aus unserer Lethargie.

»Es ist jetzt fast vier. Wir können jetzt nichts Weiteres tun und würde vorschlagen, dass wir uns etwas hinlegen. Danach sehen wir weiter. Was meint ihr?«

Wir alle waren damit einverstanden.

Es war das einzig Vernünftige, was wir tun konnten.

Aileen bat Jeff und Luther in das Gästezimmer.

Ich ging in mein Zimmer. Dort lagerten noch immer gemütlich der Kater und Prince.

Gegen halb sechs kam Jeff in mein Zimmer. Prince fuhr erschrocken hoch und knurrte leise.

Ich hatte die ganze Zeit kein Auge zugetan, sondern hatte mir unser gemeinsames Bilderalbum angesehen.

„Wo bist du mein Liebling?", hörte ich mich oft fragen. In meinen Kopf liefen die schlimmsten Szenarien ab. Ich hatte immer wieder versucht, mich immer und immer wieder zu beruhigen, und an Luthers mahnende Worte gedacht.

Es half nichts.

Für einige Minuten schloss ich meine Augen um sie dann wieder wegen der schrecklichen Gedanken, die ich mir machte, aufzureißen.

»Bist du wach?«

»Ja, bin wach.«

»Gut, dann mach dich fertig, wir sind in der Küche.«

Ich nickte und machte mich fertig für das Unge-
wisse, was der Tag uns an neuen Tatsachen bringen
würde.

Prince und der Kater begleiteten mich in die Küche. Aileen ließ beide in den Garten.

Ich schlürfte den heißen Kaffee und biss in das
Toastbrot.

Jeff schluckte seinen letzten Bissen herunter.

»Ich würde Folgendes vorschlagen, Eugen fährt
zu seinen ehemaligen Kollegen auf das Revier. Dort
wird er das Neueste erfahren. Aileen bleibt hier
beim Telefon. Luther und Frank fahren den Weg
nach Hicksville ab und sehen sich im Büro um und
befragen Sinas Chef und Kollegen. Ich werde meine
Freundin Sahra, anrufen und mich mit ihr beraten.
Wie ihr wisst, ist sie Detective und hat mehr Bezie-
hungen und Möglichkeiten als ich. Was meint ihr.
Machen wir es so?«

Wir waren mit Jeffs Vorschlag einverstanden
und jeder begab sich zu seiner Aufgabe.

Luther und ich fuhren nach Hicksville.

6

Montag spät abends. Sina verlässt müde das Bürogebäude und begibt sich zu ihrem Auto. Sie kramt in ihrer Tasche, um nach dem Autoschlüssel zu suchen. Das Motorengeräusch des näher kommenden Autos nimmt sie nicht wahr.

»Wo habe ich nur diesen blöden Schlüssel?«, fragte sie sich und kramte in ihren Hosentaschen.

Erschrocken vom Quietschen der Reifen, drehte sie sich um und sah den schwarzen Van, der direkt neben ihrem Wagen hält. Zwei dunkelgekleidete Typen mit Sturmhauben über dem Kopf sprangen aus dem Van, packten sie brutal, stülpten ihr einen Sack über den Kopf und zerrten sie in das Innere des Wagens. Mit durchdrehenden Reifen jagten sie davon. Sina schrie und trat wie wild um sich. Die Entführer hielten sie gewaltsam fest. Sie merkt, dass sie keine Chance gegen diese zwei Typen hatte und überlegte, dass es sinnvoller sei, ihre Kräfte zu sparen.

Sina lauschte aufmerksam auf das Motorengeräusch und das Knirschen der Reifen. Sie zählt Kurven mit und versucht sich die langen Strecken zu merken. Irgendwann gab sie dann doch resignierend auf.

Einige Zeit später halten sie an. Einer der beiden zog die schwere Seitentür zum alten Fabrikgelände mit einem Ruck auf und sprang hinaus. Langsam fuhren sie wieder an. Außer den Motorengeräuschen ging alles lautlos. Keiner gab auch nur einen Ton von sich. Die zwei, die Sina ins Auto verfrachteten, hoben sie ohne Mühe mit ihren kräftigen Armen hoch und trugen sie in das Innere des Gebäudes.

Sie gingen mehrere Treppen hinunter. Einer öffnete wieder eine Tür und sie schleppten Sina in das Innere des Raumes.

Es ging alles rasend schnell. Sina hörte, wie jemand schnell die Treppen hinuntersprang. Zu dritt nahmen sie nun Sina in den Clinch. Einer an den Beinen, der andere hielt ihre Arme und der dritte ihren Kopf. Sie spürte etwas Weiches unter sich. Es schien eine Art Bett zu sein. Kaum ausgedacht, klickten schon Handschellen an ihren Armen. Sie hörte ein Klicken und schon befand sie sich alleine in dem Raum. Totenstille. Kein Geräusch war zu hören. Sina hielt den Atem an, um vielleicht doch etwas zu vernehmen.

Nichts.

„Was war denn das" dachte sie und verstand die Welt nicht mehr. Ist das ein Scherz von den Freunden? Wer um Gottes willen hat das getan, wer hat Interesse an ihrer Entführung. Was wird nun kommen? Was erwartet sie? Quälende Fragen, und sie war nicht im Stande Antworten darauf zu finden.

Sina versuchte den Sack, oder was es immer war, vom Kopf zu streifen, aber es gelang ihr nicht.

Mit einem Ruck wurde die Tür aufgedrückt und sie hörte Schritte auf sie zukommen.

»Nimm ihr den Sack vom Kopf«, befahl eine Stimme. Die Stimme klang nicht natürlich. Sie war verzerrt und hörte sich wie ein Außerirdischer an. Vorausgesetzt man weiß, wie sich eine außerirdische Stimme anhört.

„Endlich", dachte sich Sina. Was sie aber sah, waren drei Typen, die sich hinter Masken versteckten.

Einer stellte sich direkt ans Fußende ihres Bettes. Er sah aus wie Arnold Schwarzenegger. Die anderen beiden hatten Masken von Richard Nixon und Ronald Reagan auf und standen etwas abseits.

»Was habt ihr mit mir vor? Warum habt ihr mich entführt ihr Schwachköpfe? Was wollt ihr von mir? Wollt ihr Lösegeld oder was?«

»Am besten du hältst deine Klappe, dann geschieht dir auch nichts«, befahl Arnold Schwarzenegger mit verzerrter Stimme.

»Ihr seid solche Feiglinge. Zu dritt eine Frau entführen. Tolle Typen seid ihr. Echt toll.«

»Ich sage es dir nicht noch einmal. Halts Maul und tue, was wir dir sagen, dann geschieht dir auch nichts. Ist das klar?«

Sina merkte, wie ihr Blut in den Kopf stieg und der Ärger wuchs.

»Ist das klar?«

Sina nickte.

»Gut, dann haben wir uns verstanden. Macht ihr die rechte Handschelle weg.«

Nixon und Reagan taten, was Schwarzenegger ihnen befahl. Er schien der Boss zu sein.

»Du hast nun eine Hand frei, damit kannst du dich besser bewegen, wenn du dein Geschäft machen willst. Dort steht ein Eimer. Zum Trinken steht Wasser auf dem Tisch. Essen bekommst du zweimal am Tag. Das sollte reichen.

Solange du alles befolgst, was wir dir sagen, geschieht dir nichts. Also halte dich daran. Ich kann es dir nur raten. Die Zwei hier sind nicht gerade zimperlich«, drohte er grob.

Sina sah zu den zwei Typen an der Tür hinüber. Sie sahen aus wie Türsteher. Breitbeinig und mit verschränkten Armen vor der Brust. Schaudern erinnerte sie sich daran, wie mühelos sie sie hochgehoben hatten.

»Wir sind immer in deiner Nähe, also mach keinen Unsinn.«

Nach dem letzten Satz verließen alle drei wieder den Raum.

Sina zwang sich zur Ruhe und sah sich alles genau an.

Es war ein großer Raum. Gedämpftes Licht. So ungefähr 60 oder 70 Quadratmeter. Klinkerwände, Fenster die mit Papier abgedeckt waren.

Tränen rollten ihr übers Gesicht und die anfängliche Wut wich zunehmend der Angst.

7

Luther und ich fuhren nach Hicksville, um uns dort einmal umzusehen.

Ich parkte meinen Wagen auf dem Parkplatz an der Duffy Avenue.

Wir gingen in das Bürogebäude und suchten das Architekturbüro.

Luther klopfte und trat, ohne auf eine Aufforderung zu warten, in das Büro.

Verdutzt sah uns ein Mann mittleren Alters an, der an einem Kopierer stand.

»Kann ich Ihnen helfen?«, fragte er, als er sich wieder gefangen hatte.

»Wir suchen Sina. Wann haben Sie sie zuletzt gesehen?«

»Sind Sie Cops?«

»Nein. Ich bin Luther Beaver und das ist Frank Newman der Verlobte. Sina ist gestern nicht zu Hause angekommen. Wissen Sie, wann sie von hier weggegangen ist?«

»Wir haben uns schon gewundert, dass sie heute noch nicht erschienen ist. Wir wollten den neuen Auftrag besprechen. Ich glaube, sie hat gestern Abend so gegen neun das Büro verlassen. Mehr kann ich nicht sagen.«

»Falls sie Sina sehen sollten, dann rufen Sie uns bitte an«, sagte Luther und gab ihm eine Visitenkarte.

»Klar, mache ich. Hoffentlich ist ihr nichts passiert.«

Wir verließen das Gebäude und begaben uns zum Parkplatz.

»Lass uns den Parkplatz absuchen. Vielleicht steht ihr Wagen noch hier«, schlug Luther vor.

»Warum sollte ihr Auto hier sein.«

»Wir sollten nichts unversucht lassen. Ich möchte mir keine Vorwürfe machen müssen, wenn wir etwas versäumen.«

Luthers Vorschlag war logisch und wir trennten uns um das Gelände schneller nach Sinas Auto absuchen zu können.

Nach etlichen Zeigerumdrehungen hörte ich Luther rufen.

»Frank. Ich glaube, hier steht er.«

Mein Herz klopfte wie verrückt und es versuchte, aus meinem Hals zu springen.

»Es ist Sinas neuer GMC Acadia«, rief Luther.

»Er ist abgeschlossen und wie ich sehe, hat er keine Beschädigungen. Im Innern ist auch alles in Ordnung«, bemerkte ich prüfend.

»Hast du Schlüssel für den Wagen?«

»Nein. Sie hat noch einen Ersatzschlüssel zu Hause. Wir müssen den Wagen schnellstens zu uns bringen. Ich möchte ihn nicht so lange unbewacht stehen lassen.«

»Das können wir noch heute machen. Es ist ja noch früh am Tag«, sagte Luther.

»Hier werden wir nichts mehr feststellen können. Liegen an der Strecke Krankenhäuser? Hast du welche gesehen? Wir sollten jedes Krankenhaus hier in der Nähe abklappern. Vielleicht wurde sie irgendwo eingeliefert.«

»Genau Frank. Also lass uns suchen.«

Wir stiegen in mein Auto und fuhren los, in der Hoffnung, Sina irgendwo zu entdecken.

Leider konnten wir sie in keinem der Krankenhäuser finden. In der Zwischenzeit rief ich Eugen an und informierte ihn, dass wir Sinas Wagen gefunden hatten.

Zu Hause angekommen, parkten vor der Einfahrt einige Streifenwagen und zwei typische Autos der Zivilfahnder.

Luther und ich bahnten uns einen Weg zum Haus. Polizisten wuselten durch die Zimmer und der Geräuschpegel war ziemlich hoch.

»Was ist denn hier los?«, fragte ich erstaunt.

Luther zuckte mit den Schultern. Ich versuchte, Aileen und Eugen auszumachen. Aileen saß traurig auf dem Sofa im Wohnzimmer.

»Aileen, wie geht es dir? Wir haben Sinas Auto auf einem Parkplatz in Hicksville gefunden. Wir werden es heute noch holen.«

Auf meine Fragen reagierte sie nicht. Sie weinte und wischte ihre Tränen mit dem Taschentuch ab. Ich setzte mich zu ihr und nahm sie in meine Arme.

»Wir werden sie finden, das schwör ich dir. Wir werden sie finden.«

Sie nickte und ich erhob mich zu Luther der neben uns stand.

»Hast du Jeff gesehen?«

»Ja, da drüben im Esszimmer.«

»Komm, lass uns zu ihm gehen.«

Jeff und Eugen standen neben dem Esszimmertisch und sprachen mit einem kleinen dicklichen Mann in Zivil. Am Tisch standen oder saßen mehrere Personen und installierten irgendwelche Apparate.

Jeff und ich stellten uns zu den beiden und warteten.

»He Jeff, wir haben Sinas Wagen gefunden.«

»Ich weiß, du hattest es mir per SMS mitgeteilt.«

Der Detective sah mich von unten musternd über den Rand seiner Brille, die auf der Spitze seiner Nase saß, fragend an. Sein Blick war stechend und kühl.

»Das ist Frank Newman, Sinas Verlobter und Luther ein gemeinsamer Freund. Das ist Detective Lieutenant Joshua Harper. Er leitet die Ermittlung«, stellte uns Jeff vor. Mit einem kurzen Nicken war die Begrüßung auch schon erledigt.

»Sie haben das Auto der vermissten Person gefunden?«, fragte er nach kurzer Pause.

»Ja, in Hicksville.«

»Haben Sie das Auto geöffnet oder berührt?«

»Geöffnet nicht aber natürlich berührt.«

»Gut, wir kümmern uns um das Auto.«

»Wir wollten es heute noch holen.«

»Nein, auf keinen Fall. Wir kümmern uns.«

Ich nickte.

»Matt, sage den Typen der NSU sie sollen nach Hicksville fahren und den Wagen der Vermissten untersuchen. Die beiden Herren sagen euch, wo genau er steht. Dann überprüft alles, Checkkarte, Handy, Bank. Du weißt schon. Das ganze Programm.«

»OK.«, rief ein großer kräftiger Typ vom anderen Ende des Esszimmers und kam auf uns zu.

»Ich bin Detektive Sergeant Matthew Ahiga Brookstone. Können Sie mir genau sagen, wo der Wagen der Vermissten geparkt ist?«

Ich erklärte ihm den genauen Standort und er schrieb auf einen kleinen Block alles genau mit.

»Sie sind?«

»Frank Newman, der Verlobte, und gab ihm den Autoschlüssel.«

»Ok, gut«, sagte er noch im Umdrehen und verschwand.

Jeff und Eugen standen am Tisch und unterhielten sich angeregt mit dem Lieutenant.

Ich wandte mich zu Eugen und unterbrach die Unterhaltung, die er mit ihm hatte.

»Eugen, was machen die denn schon hier? So früh schaltet sich die Polizei nie ein. Suchen sie nach Sina?«

»Beruhige dich. Das sind meine ehemaligen Kollegen. Sie sind dabei eine Fangschaltung zu installieren. Falls der oder die Entführer sich melden sollten, dann können wir damit ihren Standort ermitteln.«

Ich konnte immer noch keinen klaren Gedanken fassen und stellte mir das schlimmste Szenario vor.

»Entführer? Wie kommt ihr denn darauf? Und wenn sie nicht entführt wurde? Wenn sie bereits tot ist? Dann nutzt das alles doch gar nicht.«

»Na, na, wer denkt denn gleich an den Tod. An so etwas denkt man doch nicht«, meldete sich Harper über seinen Brillenrand schauend.

»Sie haben völlig recht, an so was sollte ich überhaupt nicht denken.«

Jeff nahm mich am Arm und sah zu Luther.

»Kommt, gehen wir da rüber«, sagte er und deutete auf das Sofa. Aileen saß noch immer da, mit roten verweinten Augen.

»Also passt auf. Wir müssen sofort alle Medien über Sinas Verschwinden mobilisieren. Ich veröffentliche Sinas Bild mit einem Text auf meiner Facebook-Seite. Du Frank, solltest in deiner Zeitung auch einen Artikel schreiben. Wir müssen so schnell wie möglich alles aktivieren, was uns helfen kann, Sina zu finden.«

»Ich schreibe auf meinem Twitter-Account. Plakate erstelle ich auch und verteile sie anschließend an allen wichtigen Stellen.«

»Das ist eine gute Idee Luther«, sagte Jeff.

»Also, lasst uns gehen.«

Froh, etwas tun zu können, begaben wir uns an unsere Aufgaben.

Ich fuhr direkt zu meinem Verlag, sprach mit meinem Chefredakteur und machte mich an die Vermisstenanzeige.

8

Sina zuckte zusammen, als das Türschloss sich öffnete und Schwarzenegger erschien.

»Ist alles in Ordnung?«

»Findest du das hier in Ordnung? Was soll denn in Ordnung sein? Ihr entführt mich, sperrt mich gefesselt in einen stinkigen Raum und du fragst mich, ob alles in Ordnung ist? Wenn ihr an Geld kommen wollt, dann habt ihr euch getäuscht. Bei mir gibt es nichts zu holen. Also, was wollt ihr?«

»Bei dir nicht. Das stimmt. Meinst du wir würden dich festhalten, um von dir persönlich Geld zu bekommen? Du weißt ganz genau, wer dich jetzt vermissen wird.«

»Ihr habt falsch gepokert, ihr werdet nichts bekommen. Von keinem, auch nicht von meinen Eltern ihr Schwachköpfe.«

»Du hast eine verdammt große Schnauze. Sie wird dir vergehen, wenn ich einen meiner Freunde zu dir schicken werde. Sei froh, dass ich hier vor dir stehe. Trotzdem, treib ja nichts auf die Spitze«, knurrte er und verschwand ziemlich angepisst.

»Du Arschloch. Was denkst du, wenn meine Freunde dich in die Finger bekommen«, schrie Sina ihm sehr mutig hinterher.

Sie war so wütend, dass sie an der Handschelle riss, hysterisch schrie und mit den Beinen strampelte.

Sie vergaß, dass sie gefangen gehalten wurde, und erschrak über ihre Reaktion.

Zwei der drei Typen saßen nebenan in einem Raum.

Sie hatten ihre Masken abgenommen.

Einer der Entführer, ein kräftiger Bursche trank ein Bier.

Der andere hatte die Reagan-Maske in der Hand und spielte mit ihr.

»Hast du eine Ahnung, wie es nun weitergeht?«

»Nee. Keine Ahnung. Er sagt ja nichts.«

»Weißt du eigentlich, wie er heißt?«

»Er stellte sich mir mit Mister X vor.«

»Mister X? Das ist ja wie in einem schlechten Film. Wo hast du ihn kennengelernt. Wie kam er ausgerechnet auf dich?«

»In irgendeiner Kneipe. Ich wartete auf ein Mädchen, aber sie kam nicht und ich war unheimlich sauer. Das bemerkte ein Fremder und er fragte mich, was ich hätte. Wir kamen ins Gespräch und er meinte, er sei auch versetzt worden. Er stamme aus Michigan. Ich glaube, das war gelogen. Er wollte nur mit mir ins Gespräch kommen. Wir soffen, bis wir nicht mehr konnten. Später nahm er mich mit in sein Hotel. Am nächsten Morgen sagte er, dass er einen Job für mich hätte.

Einen völlig harmlosen und einfachen Job.

Wir würden eine Freundin kidnappen und ein Lösegeld von ihrer Familie verlangen. Das wäre alles. Zwei Tage, dann wäre alles erledigt. Weiter fragte er mich, ob ich noch jemanden wüsste, der mitmachen würde, natürlich habe ich sofort an dich gedacht.«

»Das war anständig von dir. Was bekommen wir eigentlich dafür?«

»Er sagte, wir würden jeder ein Drittel bekommen.«

»Ein Drittel? Von welcher Summe geht er denn aus?«

»Das hat er noch offengelassen. Er geht aber von einer siebenstelligen Summe aus.«

»Wow. Siebenstellig. Wenn wir also eine Million bekommen, dann sind es …«

»333.333.«

»Genau, das meinte ich.«

»Genau.«

»Ist doch einfach verdientes Geld oder? Du sagtest ohne Risiko ja? Ohne Schaden?«

»Ja, null Risiko. Keinem wird was angetan.«

»Dann ist es gut. Sonst hätte ich auch nicht mitgemacht.«

»Klar, weiß ich doch.«

Die Konversation ging noch eine Weile so weiter.

»Wir könnten uns doch auch so Pseudonamen geben. Was meinst du?«, fragte der Kleinere von beiden.

»Können wir. Ich bin Mr. Y und du Mr. Z. Einverstanden?«

»Warum du Mr. Y, warum nicht ich he?«

»Von mir aus. Dann bist du Mr. Y und ich Mr. Z. Ist das so OK?«

»Prima Charly. So ist es ...«

»Du bist und bleibst ein Blödmann. Was haben wir gerade ausgemacht? Keine Namen.«

»Entschuldige bitte. Habe nicht mehr daran gedacht. Mister Y ist doch auch ein Name.«

»Das ist doch nicht unser richtiger Name.«

»Ach so, ja, aber ...«

»Jetzt ist aber Schluss mit deinem idiotischen Geschwätz. Du machst mich ja völlig kirre.«

Verlegen wie ein kleiner Junge spielte Reagan wieder mit seiner Gummimaske.

Sina hatte sich inzwischen wieder beruhigt und suchte nach einem Ausweg aus ihrer misslichen Lage. Sie fahndete in dem Raum nach einem Gegenstand, der ihr ermöglichte, die Handschelle zu öffnen.

‚Jetzt wäre eine Haarklammer recht‘.

Als hätten sie vorher alles clean geschrubbt. Nichts liegt auf dem Boden herum. Kein einziger Gegenstand, den ich verwenden kann, um mich zu befreien. Wohl oder übel werde ich auf eine günstige Gelegenheit warten müssen.

Wie soll ich mich gegen drei kräftige Typen wehren können.

Unmöglich.

Keine Chance.

Ihre Gedanken flogen wie Speerspitzen durch ihren Kopf, als ein lauter Knall sie in die Wirklichkeit zurück katapultierte.

Reagan stand vor ihr und sah sie nur schweigend an. Sina wartete eine Weile, dann konnte sie das Schweigen nicht mehr aushalten.

Sie ging, wie bei Schwarzenegger, in die Offensive. Entweder es geht gut, oder sie werden es sich nicht gefallen lassen und sie dafür bestrafen.

»Was willst du? Reden oder Schweigen? Oder warum bist du hier?«

»Du … du …«, stotterte er.

»Was?«

»Du … du … hast eine ggroße Schnauze, hast ddu«

»Und du? Du kriegst kein vernünftiges Wort heraus.«

Mr. Y stand hilflos da, drehte den Kopf, und ein lauter Schrei ertönte aus seinem Verzerrer.

»Was ist denn hier los?«, schrie Mr. Z, der atemlos angerannt kam.

»Die … die … hat …«

»Ja, scheiß drauf. Was in aller Welt hast du hier alleine zu suchen? Mach das du raus kommst. Aber flott.«

Was Mr. Z übersehen hatte, dass sein Stimmverzerrer nicht eingeschalten war. Sina hörte seine tiefe und sehr laute Stimme.

‚Diese Stimme muss ich mir unbedingt merken.'

Diese Gelegenheit bekam sie aber nicht wieder.

Mr. Z verstummte sofort und schaltete das Gerät ein.

»Also raus, verschwinde«, hörte Sina ihn noch mit krächzender Stimme sagen, bevor sie beide aus dem Raum gingen.

»Tu das nie wieder. Du weißt, wir dürfen nur mit dem Boss zusammen zu ihr gehen. Er hat es ausdrücklich verboten. Also halte dich daran.«

Mr. Y nickte und setzte sich wieder auf seinen Hocker und spielte wieder verlegen mit seiner Reagan Maske.

»Wann kommt er denn wieder?«

»Ich weiß es nicht.«

»Sollen wir den ganzen Tag so rumsitzen und auf ihn warten?«

»Ja, so hat er angeordnet. Also nerv nicht und spiel weiter.«

Beleidigt walkte Mr. Y seine Maske hin und her.

9

Im Hause Boron hatte sich das geordnete Durcheinander nicht gelegt. Rund um den Esszimmertisch saßen die Experten und warteten auf den Anruf der Entführer. Einige liefen aus dem Haus zu den geparkten Autos, fuhren für kurze Zeit weg, um dann wieder irgendwelche Erkenntnisse dem Lieutenant zu berichten.

Mittlerweile hatte ich die Anzeigen mit Sinas Foto in unserer Tageszeitung aufgegeben. In der nächsten Ausgabe würde der Aufruf in einer Ecke auf der Titelseite zu sehen sein und der Bericht auf der folgenden Seite.

Jeff und Luther waren noch nicht zurückgekehrt und ich versuchte, Aileen und Eugen ausfindig zu machen.

Im Garten entdeckte ich sie auf der Gartenbank sitzend. Ich berichtete ihnen, was ich bisher getan habe.

»Eugen, warum bist du nicht bei deinen ehemaligen Kollegen? Vielleicht können sie von deiner Erfahrung profitieren.«

»Nein, die Jungs wissen genau, was sie zu tun haben. Ich würde nur stören. Es ist besser so. Ich kann jetzt schon keinen klaren Gedanken fassen, wie könnte ich es bei den Ermittlungen tun. Nein, ich halte mich im Hintergrund.«

»Das kann ich verstehen.«

»Wo ist mein Kind Frank? Wer könnte denn Interesse daran haben, meinem Mädchen etwas anzutun?«

»Ich weiß es nicht Eugen. Wir dürfen auch nicht vom Schlimmsten ausgehen.«

»Von was sollen wir denn sonst ausgehen. Sie würde nie, ohne eine Nachricht zu hinterlassen, so lange wegbleiben. Ihr Auto steht noch auf dem Parkplatz. Also kann sie nur entführt worden sein, aber von wem. Meine Gedanken kreisen in meinen alten Fällen. Wer könnte so wütend auf mich sein, dass er unsere Tochter entführen oder gar Schlimmeres mit ihr anstellen würde. Ich komme einfach nicht weiter.«

»Es wird sich alles klären, glaube mir. Die Detectives werden alles klären. Sie werden unsere Sina finden.«

In diesem Moment verstand ich nicht, wie ich so ruhig sein konnte. Im Innern meines Körpers bebte ich, aber meine Stimme war gefestigt und klang zuversichtlich.

Da hockte nun ein gestandener und erfahrener Kriminaler wie ein Häufchen Elend, gehalten von seiner Frau Aileen. Es tat mir weh, ihn so leiden zu sehen. Aileen saß neben Eugen, hielt seine Hand und sagte nichts. Sie wollte nur eine Stütze für ihn sein und nicht auch noch alles infrage stellen, sondern Ruhe und Zuversicht ausstrahlen.

Eigentlich war sie die Stärkere von beiden. Im Beruf war er es, aber in der Familie sie.

»Sina kam vier Wochen zu früh auf die Welt. Sie war so winzig, dass ich Angst hatte sie anzufassen. So zerbrechlich war ihr Körper. Nach ein paar Tagen im Krankenhaus durften Aileen und Sina nach Hause. Sie war so ein schönes Kind. So schön wie ihre Mutter. Das sieht man noch heute. Sie wurde älter und mit dem Alter kamen die Kinderkrankheiten. Keuchhusten, Windpocken und einige kleinere Wehwehchen. Es war für Aileen und mich eine schwere Zeit. Ich kam zu oft unausgeschlafen zum Dienst. Ich war ein junger Polizist und mein Boss rügte mich. Er gab mir die Wahl, entweder du kommst ausgeschlafen zum Dienst oder du kannst gehen. Ich berichtete Aileen von meinem Gespräch mit meinem Vorgesetzten. Daraufhin verbannte sie mich aus dem Schlafzimmer in das Gästezimmer. Mir passte es nicht, dass ich ihr alles alleine überlassen musste, aber mein Job war sehr wichtig für unsere kleine Familie. Zum Glück dauerte es nicht allzu lange und ich konnte wieder gemeinsam mit Aileen und Sina in unserem Zimmer schlafen. Leider habe ich durch meinen Job, so viel von Sinas Kindheit versäumt. Heute noch macht es mich wütend und auch traurig. Auch wenn es spät ist, vielleicht zu spät, genieße ich jede einzelne Minute mit unserem Kind. Leider kann ich die Zeit nicht zurückdrehen, obwohl ich es mir wünschte. Es macht mich traurig und wütend, dass ich nicht weiß wo sie ist und wieder nichts tun kann, dass ich sie nicht beschützen konnte. Es tut mir so weh.«

Aileen nahm Eugens Hand noch fester in ihre und weinte.

Ich schluckte und mir versagten für Minuten die Worte.

»Bleibt ihr noch im Garten?«

»Nein, ich glaube, wir sollten ins Haus gehen. Ich muss den Jungs noch etwas zu essen bereitstellen«, sagte Aileen, nahm Eugen an die Hand und beide begaben sich in das Haus.

Mittlerweile war es abends acht Uhr.

Viele der Detectives waren gegangen und nur die Nachtschicht war anwesend.

Aileen bereitete einen Imbiss für uns und für die zwei Jungs, die an den Geräten am Esstisch saßen. Wir setzten uns dazu, aßen und unterhielten uns mit ihnen.

»Warten Sie auf einen Anruf von den vermutlichen Entführern?«, fragte ich.

»Ja, wir warten auf einen Anruf und werden ihn dann auch mitschneiden und das Signal orten. Es sollte immer einer von Ihnen anwesend sein, falls der oder die Entführer sich melden sollten. Ich glaube aber, dass sie nicht in der Nacht anrufen werden.«

»Ich werde mich im Wohnzimmer auf die Couch legen. Aileen geh du bitte ins Schlafzimmer. Es reicht, wenn ich hierbleibe. Ich rechne auch eher damit, dass sie tagsüber anrufen«, sagte Eugen und machte es sich auf der Couch bequem.

Aileen war damit einverstanden und ging nach oben. Ich blieb bei Eugen.

Es klingelte an der Haustür. Prince schnellte hoch und rannte zur Tür.

»Ich gehe«, gab ich Eugen zu verstehen.

An der Tür standen Jeff und seine Freundin Sahra, die Polizistin.

»Hi Frank. Was gibt es Neues«, fragte Jeff und beide begrüßten mich und Prince.

Sie traten ins Wohnzimmer, um Eugen zu begrüßen.

»Es sind zwei Detectives im Esszimmer und warten, ob etwas passiert. Es hat sich noch nichts getan. Kein Anruf, nichts. Ich habe die Vermisstenanzeige in unsere Zeitung gesetzt und wird morgen erscheinen.«

»Ich habe auf Facebook ein Bild von Sina und einen entsprechenden Text eingefügt. Wir beide haben Plakate gefertigt und dann an alle Stellen, die wir bekleben durften, angebracht. In vielen Geschäften haben wir die Flyer angeklebt und jedem Passanten, einen in die Hand gedrückt. Es hat sehr gut geklappt.«

»Jetzt können wir nur noch warten, es wird eine quälende Zeit. Was macht ihr jetzt noch?«

»Wir gehen auch nach Hause und kommen morgen früh wieder.«

»Sahra hast du keinen Dienst?«

»Nein, habe Urlaub genommen.«

»Doch nicht extra für uns?«

»Was denkst du denn? Meinst du, ich lasse meine Freunde im Stich?«

»Was soll ich dazu sagen. Ich danke dir Sahra.«

Ich umarmte Sahra und Jeff und sie verabschiedeten sich von uns.

»Bis Morgen.«

Es wurde eine lange Nacht. Ohne Anrufe oder sonstigen Hinweise. Es war nervenaufreibend.

Ich weiß nicht wie viele Tassen Kaffee ich getrunken hatte, wurde nur immer aufgedrehter und nicht müde.

In der Nacht wechselten sich die Detectives in Schichten ab. Eugen döste auf dem Sofa oder unterhielt sich mit ihnen.

Gegen sieben Uhr kam Aileen aus ihrem Zimmer und bereitete das Frühstück. Soweit ich durfte, half ich ihr dabei.

Nicht viel später trafen auch wieder Jeff und Sahra ein.

Langsam kam wieder Leben in die Bude. Der Lieutenant und der Sergeant tauchten auch wieder auf und der Geräuschpegel steigerte sich zunehmend.

Der Lieutenant bat alle Anwesenden zu sich und gab eine Erklärung zum derzeitigen Wissensstand ab.

Also nichts Neues. Alles wie gehabt. Kein Lebenszeichen.

»Irgendwann müssen und werden sie sich melden. Dann haben wir sie.«

‚Schön gesagt Herr Lieutenant', dachte ich mir.

»Den Wagen der Vermissten haben wir abgeholt und er wird nun kriminaltechnisch untersucht. Weiter haben wir den Parkplatz nach Reifenspuren abgesucht, aber wie sie sich vorstellen können, war dies sehr schwierig.«

Damit beendete er seine kurze Information und gab das Wort an Sergeant Brookstone weiter.

»Wie Lieutenant Harper schon ausführte, haben wir etliche Reifenspuren feststellen können. Eine Spur, die direkt neben dem Wagen deutlich zu sehen war, ist einem VAN oder Kastenwagen zuzuordnen. Welches Modell müssen wir noch klären. Das wars vorläufig.«

»Der Sergeant heißt Brookstone. Er sieht aus wie ein Indianer.«

Jeff stieß mir in die Rippen.

»Du darfst nicht Indianer sagen. Das heißt korrekt „Native Americans oder Natives".«

»Oh, sorry. Natürlich, so hatte ich das auch nicht gemeint. Dumm von mir.«

»Ich nehme das nicht so genau«, sagte der Sergeant und grinste.

Erschrocken sah ich zu ihm hin, er hatte alles gehört.

»Übrigens, ich bin ein Navajo und mein zweiter Vorname Ahiga ist eigentlich mein erster Vorname. Ahiga bedeutet, „Er kämpft". Um es einfacher zu machen, drehte ich die beiden Vornamen einfach um. So ist es viel besser und ich muss mich jetzt nicht immer erklären. Die ewige Fragerei nach dem Namen nervte irgendwann mal.«

»Ich bitte nochmals, meine Unkenntnis zu entschuldigen. Mein Name bedeutet im Deutschen so viel wie „der Neue" oder „der Hinzugezogene".«

»Woher sollten Sie das alles wissen. Ich denke, wie haben nun alle Unklarheiten beseitigt. Ich bin Matthew. Einfach nur Matt.«

»Und ich bin Frank.«

Ich wollte mich schon wegdrehen, als er mir seine Hand entgegenstreckte. Er nahm meine und umklammerte sie wie ein Schraubstock. Erst jetzt, wo er direkt vor mir stand, bemerkte ich seine Größe. Ich mit meinen eins fünfundachtzig fühle mich nicht gerade klein aber gegen ihn wirkte ich wie ein Zwerg.

Jedem seiner Gegner wünsche ich schon jetzt alles Gute.

»Jeff, was können wir jetzt machen? Mit rumstehen und Däumchen drehen, finden wir Sina auch nicht.«

Ungeduldig wartete ich auf seine Antwort.

»Wir haben alles Menschenmögliche getan, mehr können wir nicht machen. Wir warten bis Luther kommt, dann beraten wir, ob er noch eine Idee hat. Mehr geht im Moment leider nicht.«

»Ok, ihr seid die Spezialisten. Trotzdem denke ich, wir könnten noch mehr tun.«

Der Fernseher läuft seit gestern Abend ununterbrochen. Stündlich wird fast auf allen Kanälen Sinas Bild gezeigt.

Die Telefone, die zusätzlich installiert wurden, klingelten unaufhörlich.

Nach jedem Klingeln standen Aileen und Eugen erschrocken auf und schauten auf die Detectives.

Nichts. Keine Nachricht der Entführer oder von Sina.

So wie uns der Lieutenant versicherte, waren bisher keine positiven Hinweise eingegangen. Im Gegenteil, Wichtigtuer seien es gewesen. Sie blockierten nur die Leitungen sonst nichts.

»Seid mal still«, rief er laut und deutete auf den Fernseher.

Der Chef der Abteilung, Captain Logan Brewster, wurde im Fernsehen interviewt.

»Der weiß doch auch nichts. Woher sollte er denn das auch wissen«, sagte ein Detective und erntete einen ernsten Blick von seinem Lieutenant.

Die Chefs werden vor die Kamera geschleift und müssen blöde Fragen beantworten. Um die Medien zu befriedigen, geben sie umschweifende Antworten.

„Meine Leute versuchen die Vermisste so schnell wie möglich zu finden und die Täter dingfest zu machen. Bla … bla … bla …"

Was sollten sie auch sagen. Sie versuchten, das Beste daraus zu machen.

So verging Stunde um Stunde und wir hatten nichts in der Hand. Kein Anruf der Entführer und keine Hinweise von der Bevölkerung.

So langsam wurde ich immer ungeduldiger. Das Herumsitzen machte mir sehr zu schaffen.

Aileen und Eugen ertrugen das Drumherum zwar gelassen, aber mit der Situation waren sie sehr unzufrieden.

Sie wechselten ihren Standort fast stündlich. Entweder gingen sie in den Garten, saßen im Wohnzimmer oder waren in der Küche zu finden. Sie erkundigten sich regelmäßig nach den neuesten Erkenntnissen, aber sie bekamen stets die gleiche Antwort: „Nichts Neues".

Es war mittlerweile gegen neun Uhr.

Endlich traf Luther ein. Er hatte eine Tasche mit Flyer in der Hand.

»Schön, dass du da bist. Komm rein.«

»Ist Jeff auch schon da?«

»Ja, er ist im Wohnzimmer.«

Wir gingen in das Zimmer, aber Jeff war nicht anwesend. Wir suchten nach ihm und wurden im

Garten fündig. Wie nicht anders zu erwarten, fiel die Begrüßung sehr bedrückt aus. Wir setzten uns an einen der Gartentische. Luther öffnete seine Tasche und legte einige Flyer auf den Tisch.

»Ich habe schon einige verteilt. Einige Jungs und Mädels aus meinem Viertel helfen uns, sie in den Haushalten zu verteilen und überall an freien Flächen anzukleben. Dann habe ich auch in einigen Websites wie in NamUs, Pipl, Zabasearch, YoName usw. eine Personensuche erstellt. Ich weiß, es wird schwierig sein, aber lasse nichts unversucht.

Alles ist besser als nichts zu tun und nur abzuwarten. Schaut, ich habe auf den Flyern die neue E-Mail-Adresse Sina-is-missing@yahoo.com eingefügt. Jetzt können wir nur warten. Vielleicht hilft es.«

»Das hast du prima gemacht Luther. Mehr können wir jetzt wirklich nicht mehr tun. Nur warten. Trotzdem kann ich nicht nur so rumsitzen. Ich würde gerne die Gegend abfahren.«

»Was versprichst du dir davon. Das ist doch nur eine Suche nach der berühmten Nadel im Heuhaufen. Wo sollen wir überhaupt anfangen? Wo kann Sina sein? Alle Polizisten des NYPD sind auf der Suche. Sobald nur ein kleiner Hinweis zu finden ist, werden sie reagieren. Wir müssen einfach Geduld haben, so schwer es uns auch fällt, es ist das Beste. Sahra hält zu ihren Kollegen Verbindung. Sobald sie was sehen oder hören, rufen sie an.«

Ich nickte traurig und wusste, Jeff hatte recht.

Wir müssen Ruhe bewahren. Wir haben alles Mögliche getan. Mehr geht nicht.

In regelmäßigen Abständen verließ der Lieutenant oder der Sergeant das Haus. Alle Augen und Ohren waren auf die beiden gerichtet, um vielleicht irgendwelche Wortfetzen oder Neuigkeiten zu erhaschen. Aber, wie auch in den letzten Stunden tat sich einfach nichts.

Die Telefone blieben still, nur die Funkverbindungsgeräte quakten fast nahezu ununterbrochen.

Die Detectives kamen und gingen. Manchmal redeten sie, wie alte Waschweiber dann wieder verharrten sie wortlos.

Wieder war ein erschreckend erfolgloser Tag vergangen und noch immer kein Lebenszeichen von Sina.

10

Erschrocken fuhr Sina hoch und schaute auf die Tür. Das Schloss wurde geöffnet und die drei maskierten Typen traten ein. Reagan hielt ein Tablett in den Händen und ging auf Sina zu, stellte es auf einen Stuhl, der neben dem Bett stand.

»Hier hast du was zu trinken und zu essen«, krächzte Schwarzenegger mit verzerrter Stimme.

»Was habt ihr mit mir vor? Wie lange soll ich hier noch rumliegen. Ich will nach Hause.«

»Du wirst so lange hierbleiben, wie wir es für nötig halten«, sagte er und schlug mit der Hand auf den Rahmen am Fußende.

»Ich habe schon einmal gefragt. Wollt ihr Geld? Ist das ein Scherz meiner Freunde? Oder warum haltet ihr mich fest. Das ergibt doch alles keinen Sinn.«

»Wir wollen kein Geld von euch.«

»Aber warum bin ich denn überhaupt hier?«

Reagan und Nixon schauten sich an und schüttelten mit dem Kopf.

»Aber, du hattest doch ...« weiter kam Nixon nicht.

»Halts Maul. Das besprechen wir nicht hier. Verstanden? Geht raus. Sofort.«

Die beiden nickten und verließen stinkig den Raum. Schwarzenegger ging langsam auf Sina zu.

Sein Gummigesicht schob sich immer näher über ihr Gesicht. Seine Augen konnte sie nur schemenhaft erkennen.

»Du wirst schön brav sein. Hast du verstanden? Wenn nicht, werde ich dir helfen es zu sein. Kapier das endlich«, flüsterte seine künstliche Stimme.

Noch während er langsam wieder sein Gesicht zurückbewegte, spuckte Sina ihm auf die Maske.

Er zuckte zurück und schlug ihr mit der flachen Hand hart ins Gesicht. Sina gab einen hellen Schrei von sich.

»Oh, da sind wir aber sehr stark gegenüber einer wehrlosen Frau. Sehr tapfer. Du Arschloch.«

Schwarzenegger stand da, hob den rechten Zeigefinger, drehte sich um und verließ den Raum.

»Arschloch«, schrie Sina ihm hinterher und zerrte an der Handschelle, dass es schmerzte.

Wutschnaubend riss Schwarzenegger seine Maske vom Gesicht und warf sie in die Ecke.

»So eine blöde Kuh, die macht uns noch Ärger, ihr werdet sehen.«

»Wieso hast du zu ihr gesagt, wir wollten kein Geld?«, fragte Nixon.

»Gegenau«, stotterte Reagan.

»Das habe ich ihr doch nur so gesagt. Natürlich verlange ich Lösegeld von der Familie, was denkt ihr denn.«

»Da bin ich aber froh, ich dachte schon …«

»Nein, nein, das läuft schon.«

»Und wie viel?«, schob Nixon hinterher.

»Drei Millionen.«

»Ddrei Mmillionen?«

»Ja, Michael, so hat er es gesagt«, herrschte ihn Nixon an.

»Eendschschuldige Charly.«

»Verdammt noch mal, ihr sollt doch eure Namen nicht nennen. Wie oft soll ich euch das noch sagen ihr Idioten.«

Ein heftiges klirrendes Geräusch ließ die drei hochschrecken.

»Das Miststück macht Randale. Kommt«, befahl Schwarzenegger und nahm eine kleine Tasche mit.

Sina saß auf dem Bett und warf eine Flasche auf die Hereinstürmenden.

»Hast du sie nicht mehr alle? Was soll der Scheiß?«, schrie Schwarzenegger.

»Ich will nach Hause, ich will hier raus. Wenn ihr mich nicht gehen lasst, dann schlage ich alles kaputt und schreie alles zusammen.«

»Reagan hol die andere Handschelle und einen Strick.«

Reagan beeilte sich, ihm das zu bringen, was er verlangte.

Schwarzenegger winkte die beiden zu sich an das Bett.

»Fesselt sie.«

Reagan nahm die Handschelle und versuchte sie, an Sinas linke Hand zu festigen, aber Sina wehrte sich wie eine Hündin, die ihre Welpen verteidigt. Sie schrie, spuckte und schlug nach ihm. Alleine konnte er es nicht schaffen.

Nixon kam ihm zu Hilfe und versetzte Sina mit der Faust einen Kinnhaken. Jetzt war es still.

»Das war nötig und überfällig«, sagte er.

Endlich gelang es ihnen, Sina zu bändigen.

Sie lag nun an beiden Händen mit Handschellen am Bett gefesselt und beide Beine mit einem Strick fixiert bewegungsunfähig da.

Schwarzenegger nahm die mitgebrachte Tasche, entnahm eine Ampulle und eine Spritze. Er füllte die Spritze und verabreichte ihr intramuskulär die Substanz.

»Was machst du da?«, fragte Nixon.

»Nur eine Beruhigungsspritze, sonst nichts.«

»Und was?«

»Wie was.«

»Was hast du ihr gegeben.«

»Ketamin. Das beruhigt und sie wird etwas schlafen.«

Schwarzenegger schaute nochmals zu Sina, um dann mit den anderen den Raum zu verlassen.

»Ich werde euch für eine Stunde verlassen. Ihr passt gut auf sie auf. Sobald sie wieder aufwacht und Ärger macht, dann ruft ihr mich an.

Wenn sie pinkeln muss, dann geht zu zweien zu ihr und macht die Beine und die linke Hand frei. Anschließend genau wieder so fesseln.

Habt ihr verstanden?«

Sie nickten und Schwarzenegger verließ den Raum.

»Was machen wir jetzt wieder?«, fragte Reagan.

»Keine Ahnung. Lies was oder sieh fern.«

»Dieser Scheiß kleine Apparat taugt nichts. Hier gibt es keinen guten Empfang.«

»Dann spiel mit deinem Handy.«

»Habe keines.«

»Dann spiel mit dir selbst. Gib endlich Ruhe.«

Nixon legte sich auf das Bett und schloss genervt seine Augen.

11

Am nächsten Morgen, wieder gegen sieben Uhr, betrat ich die Küche. Wie am Vortag saßen die Detectives am Tisch. Der eine las eine Zeitschrift und der andere machte ein Nickerchen. Ich begrüßte sie und ein „Hi" kam zurück.

Ich ging in den Garten und sah Aileen und Eugen am gedeckten Frühstückstisch.

»Guten Morgen. Gibt es schon was Neues?«

Blöde Frage, wenn es was gäbe, würde ich mit der Erste sein, der es erfahren würde. Ich wartete auch nicht auf eine Antwort und reichte gleich eine andere Frage hinterher.

»Soll ich den Jungs Kaffee bringen?«

»Das ist sehr lieb, aber sie haben schon alles bekommen. Komm, setz dich zu uns.«

Aileen deutete auf den Stuhl und rückte mir das Frühstücksbesteck zurecht. Ich bedankte mich und setzte mich zu ihnen.

»Was wird unsere Sina machen? Was machen sie mit ihr? Wer tut denn so was?«

»Ich weiß es nicht Aileen. Ich bin genauso ratlos wir du.«

»Sie wollen Geld«, sagte Eugen.

»Wenn sie Geld wollten, dann hätten sie doch bestimmt schon angerufen und ihre Forderungen gestellt«, sagte ich.

»Ich hatte schon Fälle, da ließen sie sich Tage Zeit, um dann ihre Forderungen zu stellen.«

»Dann bleibt uns nichts anderes übrig, als weiter zu warten, und das macht mich so langsam fertig.«

Aileen nickte und Tränen traten aus ihren Augen.

Gegen acht Uhr stießen auch wieder der Lieutenant, der Sergeant und die Tagescrew zu uns.

Mit Lieutenant Harper betrat eine weitere unbekannte Person den Raum.

Er war anders angezogen als alle anderen Detectives.

»Darf ich Ihnen Agent Mason Bishop vorstellen.«

»FBI?«

»Ja, er wird uns unterstützen.«

»Vielen Dank, dass auch das FBI uns hilft Sina zu finden«, sagte ich und gab ihm die Hand.

Ich hatte schon viel über das FBI gelesen und gehört, aber einen wahrhaftigen Agenten noch nie direkt vor mir gesehen. Ich dachte, sie hätten Hüte auf und waren groß und unnahbar. Er hingegen war normal groß, hatte keinen Hut auf und machte ein freundliches Gesicht. Er machte einen sehr netten Eindruck.

Freundlich erwiderte er meinen Gruß.

Die Detectives setzten sich gemeinsam an den Tisch und sahen sich die Ergebnisse der bisherigen Ermittlungen an.

Jetzt wurde es auch wieder lauter und es wurde hektisch telefoniert und geschrieben.

Seit Sinas Entführung klingelte sehr oft das Telefon. Es waren Anrufe, die nichts mit der Entführung zu tun hatten. Unsere Handys klingelten auch fast pausenlos. Irgendwelche Leute meinten, ihren Senf zu allem geben zu müssen.

Ein Detective mit Kopfhörer meldete sich hektisch an seinem Handy.

»Sergeant, die Cops haben eine Frau gefunden, die mit der Fotografie übereinstimmen soll.«

»Und wo?«, fragte Sergeant Brookstone.

»In der 69th am Hunter College.«

»Josh, soll ich hinfahren?«

»Nein Matt, die machen das schon. Ruft mal an und fragt nach, ob die Person tatsächlich Sinaida Boron ist.«

»Ich rufe die Jungs sofort an«, bestätigte der Detective.

Aileen und Eugen standen am Tisch und hörten der Unterhaltung atemlos zu.

Die Minuten verstrichen. Nervös und gespannt warteten wir alle auf die erlösende Nachricht, dass es sich um Sina handelt, obwohl ich wusste, dass sie es gar nicht sein konnte, denn sonst hätte sie schon längst angerufen.

Nach langer Zeit der Anspannung kam die ernüchternde Antwort des Detectives.

»Sie ist es nicht. Die Cops sagen, dass es sich um eine Verwechslung handele.«

Enttäuscht und mit gesenkten Köpfen verließen Aileen und Eugen das Zimmer, um wieder zurück in den Garten zu gehen.

Jeff, Luther und Sahra kamen gegen neun und erkundigten sich sofort nach Neuigkeiten.

Auch sie waren vom Ergebnis sehr enttäuscht.

»Das Warten macht mich verrückt«, sagte ich zu ihnen.

»Leider können wir nur warten, was sollen wir denn sonst tun. Wir können nicht helfen und auch nichts unternehmen. Sahra war auf ihrer Dienststelle und hat sich dort erkundigt, auch dort gab es auch nichts Neues«, sagte Jeff und zuckte dabei mit den Schultern. Sahra bedauerte, dass auch sie nichts Positives melden konnte.

»Irgendwann werden wir wissen, was mit ihr geschehen ist. Ich hoffe nur, nichts Schlimmes«, sagte Sahra und strich über meinen Oberarm.

Ich nickte und bedankte mich für ihre Unterstützung.

Es war nun schon der dritte Tag und immer noch kein Lebenszeichen von meiner geliebten Sina.

Ich zweifelte immer mehr an der Theorie einer Entführung. Wenn sie entführt worden wäre, dann würden sich auch die Entführer melden und etwas fordern. Ob Geld oder was weiß ich was. Auf jeden Fall sich melden. Punkt!

Es gibt nichts Schlimmeres als jemanden zu vermissen. Ich hatte als Jugendlicher einen schwarzen Kater, er war nie lange Zeit außer Haus.

Eines Tages rief ich ihn, aber er kam nicht wie gewohnt. Ich suchte und suchte ihn jeden Tag, aber kein Lebenszeichen von ihm. Es machte mich sehr traurig und ich weinte fast jeden Abend in meinem Bett.

Ich betete auch zu Gott, er möge mir meine geliebte Katze wieder zurückbringen. Er erfüllte mir diesen sehnlichsten Wunsch bis heute nicht, deshalb war ich sehr wütend und stellte ihn infrage. Meine Tante beruhigte mich und wollte mir eine neue Katze kaufen, das wollte ich aber nicht. Ohne meinen Kater wollte ich keine andere Katze haben und das ist bis heute so geblieben.

Ich weiß, dieses Erlebnis ist mit Sina nicht zu vergleichen, aber ich liebte meinen Kater und liebe Sina.

Es tut einfach nur weh, wenn man etwas vermisst, was man sehr liebt. Da ist es mir ziemlich egal, ob es ein Mensch ist oder ein Tier.

Liebe ist nicht nur ein Wort. Liebe ist sehr schwer zu finden, aber auch sehr leicht zu verlieren.

Um dem Trubel, der im ganzen Haus zu spüren und erleben war, zu entgehen, gingen wir alle in den Garten.

»Jeff, was macht denn überhaupt unser Freund Rob?«

»Leider habe ich schon lange nichts mehr von ihm gehört. Vielleicht weiß Luther mehr.«

»Ich weiß nur, dass er zurzeit mit einem Orchester auf Tournee ist. Mehr weiß ich auch nicht. Ich hatte versucht, ihn anzurufen, bekam aber keine Verbindung.«

»Das freut mich für ihn. Endlich kann er seine musikalische Klasse zeigen. Wollt ihr was trinken?«

Ich nahm die Bestellung meiner Freunde auf und begab mich in die Küche.

Aileen stand in der Küche. Sie hatte ein Glas Wasser in der Hand und weinte.

»Aileen, wir werden sie bald wieder in unsere Arme schließen können, glaube mir.«

»Eugen ... Er liegt oben im Bett. Ich glaube, es geht ihm nicht gut. Er spricht nicht mit mir. Ich möchte ihm jetzt etwas Wasser und eine Aspirin-Tablette bringen. Er liegt schon die ganze Zeit regungslos. Ich weiß nicht mehr, was ich tun soll.«

»Ich gehe mit dir.«

Wir gingen hoch ins Schlafzimmer. Eugen lag mit geöffneten Augen auf seinem Bett, aschfahl im Gesicht.

Er sah aus wie jemand, der über etwas nachdachte oder wollte, es jedoch noch nicht schaffte, weil seine Gedanken umherirrten, und er sie nicht so richtig einordnen konnte.

Ich ging zu ihm und nahm seine Hand.

»Eugen. Kannst du mich hören?«

Er gab keine Antwort.

»Das habe ich gemeint. Er gibt keine Antwort. Er liegt einfach nur da und zeigt keine Reaktion.«

»Wir müssen unbedingt den Arzt anrufen. Dr. Bennett ist doch euer Hausarzt? Hast du seine Nummer?«

»Ja hier auf meinem Handy.«

Ich rief Dr. Bennett an und schilderte ihm Eugens Symptome.

»Er kommt sofort.«

»Bleibe du bitte bei ihm und ich nehme den Doktor in Empfang.«

Luther kam mir entgegen und war erstaunt, dass ich von oben kam.

»Was ist denn los? Wir haben uns schon Gedanken gemacht.«

»Eugen liegt oben völlig apathisch auf seinem Bett. Ich warte jetzt auf den Hausarzt.«

»Hoffentlich ist es nichts Ernstes. Er war doch schon einmal bewusstlos richtig?«

»Ja, hier im Garten ist er vor ein paar Tagen umgekippt.«

In der Zwischenzeit waren auch Jeff und Sahra hinzugekommen und waren sehr besorgt.

Um unnötiges Aufsehen zu vermeiden, wartete ich an der Eingangstür.

Nicht lange, dann kam auch schon der Arzt.

»Er liegt oben auf seinem Bett«, sagte ich und begleitete ihn nach oben.

Eugen hatte sich noch immer nicht gerührt, er lag wie bisher bewegungslos in seinem Bett.

Dr. Bennett untersuchte ihn und verabreichte ihm eine Spritze.

»Er muss sofort ins Krankenhaus. Er ist in einem Schockzustand.«

Er telefonierte und fordere eine Ambulanz an.

Wenige Minuten später traf der Krankenwagen ohne Signal ein.

Die Rettungssanitäter trugen Eugen auf der Trage in den Krankenwagen und Aileen nahm neben ihrem Mann Platz.

Der Doktor und ich fuhren in seinem Wagen hinterher ins Krankenhaus.

12

Sina lag noch immer, an allen Vieren gefesselt, auf dem Stahlbett. Benommen von der Spritze versuchte sie die Umgebung, in der sie sich befand, neu einzuordnen und zu erkunden.

Die Entführer saßen im Nebenraum und tranken irgendetwas Alkoholisches.

»Die wwievvielte Sspritze hast du ihr schon gegeben?«, fragte Reagan.

»Die Dritte«, antwortete Nixon.

»Wwas sschon sso vviel?«

»Na und, Hauptsache sie hält ihr Maul.«

»Wwenn das der Bboss erfährt.«

»Und wenn schon.«

»Die ist scharf.«

»Wwen mmeinst ddu?«

»Wen schon, du Depp und warum stotterst du bei mir?«

Das wars schon an Konversation, denn die Tür ging auf und der Boss stand in der Tür.

»Was ist los hier? Ich sagte doch, kein Alkohol. Mit was für Idioten habe ich es denn hier zu tun. Muss ich denn alles doppelt und dreifach erzählen?«

»Was sollen wir denn sonst den ganzen Tag machen? Kannst du mir das mal sagen? Du bist doch fast den ganzen Tag unterwegs.«

»Ich habe noch einen Job, im Gegensatz zu euch Vollpfosten.«

»Ich muss mich von dir nicht beleidigen lassen. Ich kann auch wieder gehen, aber meine Zeit hier, wirst du mir bezahlen«, sagte Nixon und tippte mit dem Finger auf den Tisch.

»Ich habe das nicht so gemeint. OK?«, beschwichtigte Schwarzenegger und grinste dabei.

»Ddann ist es ja ggut«, gab Reagan seinen Senf mutig dazu.

»Wie geht es ihr?«

»Charly hhat ihr Sspritzen gegeben.«

»Was hast du? Wie hast du ihr die gegeben? Intravenös?«

»Nein. Intramuskulär.«

»Woher kannst du das?«

»Ich war Sani in der Army.«

»Wo?«

»Irak …«

»Los, wir gehen zu ihr. Wehe sie ist tot. Zieht die Masken an und schaltet das Gerät ein.«

Hektisch zogen sie ihre Masken auf und begaben sich zu Sina.

Sina sah die drei maskierten Typen auf sich zu kommen und schrie wie von Sinnen.

»Was ist mit ihr? Was habt ihr mit ihr gemacht?«

»Nichts«, sagte Nixon.

»Wie viel hast du ihr verabreicht?«

»Zwei«, log er.

»Wie viel. Nicht wie viele?«

»Die erste Spritze mit 150 mg und die andere später dann mit 100 mg.«

»Bist du denn von allen Geistern verlassen. Wie lange ist die zweite Dosierung her?«

»So etwa eine Stunde.«

Sina hörte nicht auf zu jammern. Sie lag mit ihrem Kopf in Erbrochenem. Speichel floss aus ihrem Mund.

Nixon konnte nicht hinsehen. Er würgte und musste sich von diesem Anblick lösen.

Schwarzenegger versuchte sie zu beruhigen, aber es half nichts. Sina jammerte weiter leise vor sich hin.

»Macht ihr die Fesseln ab und macht sie sauber.«

Die beiden taten, was der Boss von ihnen verlangte.

Nixon würgte noch heftiger und verließ für kurze Zeit den Raum.

Sina war völlig durcheinander. Ihre körperliche Bewegungskoordination war völlig unkontrolliert.

Von einem Moment auf den anderen schrie sie wieder los und schlug nach den beiden.

»Schließt ihr eine Handschelle nur an die linke Hand wieder an. Alles andere lasst ihr so.

Reagan du bleibst bei ihr und passt auf sie auf. Du rufst mich sofort, falls sie bewusstlos wird oder weiter erbricht.«

»Mmach ich Bboss.«

Die beiden verließen den Raum und Reagan setzte sich auf den Stuhl, der am Bett stand.

»Mach das nie wieder. Du gibst ihr nur dann eine Injektion, wenn ich es dir sage. Hast du verstanden. Willst du, dass sie stirbt? Dann kannst du dir das Geld abschminken.«

»Und wann bekommen wir das Geld?«

»Wir müssen noch etwas Geduld haben. Es läuft.«

»Wir warten aber schon seit drei Tagen und nichts tut sich.«

»Wie ich schon sagte, es läuft.«

»Da bin gespannt.«

Nach einiger Zeit kam auch Reagan in das Zimmer.

»Wie geht es ihr? Alles in Ordnung?«

»Aalles in Ordnung Bboss. Sie sschläft.«

»Gut. Ich werde euch nochmals verlassen. Verhandlungen führen. Ich komme gegen Abend wieder zurück. Macht keinen Scheiß und passt mir gut auf sie auf. Und keine Spritzen mehr. Verstanden?«

»Vverhandele ggut Bboss.«

Mit einem „Mach ich" verließ Schwarzenegger das Gebäude.

13

Eugen wurde in das St. Mary Medical Center Long Beach eingeliefert und gleich von einigen Ärzten untersucht. Der behandelnde Arzt bat Dr. Bennett, ihn zu Eugen zu begleiten.

Aileen und ich mussten draußen warten.

Nach langer Zeit kam ein Arzt auf uns zu und setzte sich zu Aileen.

»Aileen, es tut mir leid, aber Eugen hatte einen Schlaganfall und deshalb haben wir ihn vorübergehend in ein künstliches Koma versetzt. So stellen wir das Gehirn ruhig und sorgen dafür, dass es sich wieder besser erholen kann. Jetzt müssen wir abwarten.«

»William, wie lange muss er im Koma bleiben?«

»Das kann ich dir nicht sagen. Es hängt davon ab, wie schnell sich sein Körper erholt. Es können wenige Tage sein, aber auch mehrere Wochen. Wie ich schon sagte, wir müssen abwarten. Bitte habt Geduld.«

»Können wir ihn sehen?«

Aileen sah in flehend an.

»Ja, natürlich. Bitte erschreckt nicht. Er ist mit etlichen Kabeln und Schläuchen an Maschinen angeschlossen. Ich begleite euch.«

Mit einem unguten Gefühl gingen wir zu Eugen.

Wie der Arzt uns vorgewarnt hatte, war Eugen mit etlichen Schläuchen an verschieden Maschinen angeschlossen. Es piepte und zischte.

Der Anblick berührte mich sehr unangenehm und ich hatte das Bedürfnis, den Raum wieder zu verlassen, aber dies konnte ich Aileen nicht antun.

»Liebling, was machst du nur. Wenn du mich hören kannst, dann denke immer daran, dass ich dich liebe. Ich kann ohne dich nicht leben. Werde bald wieder gesund.«

Aileen strich über Eugens blasses Gesicht und küsste ihn auf die Wange.

Wir verabschiedeten uns von ihm mit dem Versprechen, ihn jeden Tag zu besuchen.

Wir warteten, bis Dr. Bennett wieder zu uns kam und uns nach Hause fuhr.

»Vielen Dank Daniel für deine Mühe. Das ist sehr lieb von dir.«

»Das ist doch selbstverständlich. Dafür sind Freunde doch da«, erwiderte er und verabschiedete sich.

Zuhause angekommen entschuldigte sich Aileen und zog sich in ihr Schlafzimmer zurück.

Ich ging zu den Cops um Neues zu erfahren.

Das Treiben hatte sich nicht gelegt. Es wurde telefoniert, geplant und mögliche Szenarien durchgespielt. Keiner konnte verstehen, warum sich bis heute kein Entführer gemeldet hatte. Es wurde auch in Erwägung gezogen, dass Sina möglicherweise nicht mehr am Leben wäre.

Ich glaubte nicht an die Hypothesen, die den ganzen Tag von den Detectives gesponnen wurden.

Luther, Jeff und Sahra waren auch noch anwesend und warteten schon auf uns.

»Wie geht es Eugen? Sieht es schlimm aus?«, fragte Jeff ungeduldig.

»Sie haben ihn vorläufig ins künstliche Koma versetzt«, sagte ich und beschrieb, wie Eugen mit den Schläuchen an die Maschinen angeschlossen war.

Betroffen standen die Freunde zusammen.

»Hoffentlich wird er wieder gesund und wir können auch nur hoffen und beten, dass keine Schädigung zurückbleibt. Wie oft hört man, dass viele nach einem Schlaganfall einseitig gelähmt sind oder geistig behindert«, sagte Luther und sah bedrückt auf den Fußboden.

Meine Sorge um Sina rückte wieder in den Vordergrund.

»Stell dir vor. In einem Moment willst du noch in dein Auto steigen, um nach Hause zu fahren, und im nächsten liegst du gefesselt und geknebelt im Inneren eines rasenden Vans. Dies ist eine Vorstellung, die mich krank und gleichermaßen wütend macht«, sagte ich und alle schauten mich verblüfft an.

Es war blöd von einem traurigen Thema auf ein anderes weniger trauriges zu wechseln. Ich kam mir irgendwie gedankenlos vor und entschuldigte mich.

Jeff nahm mich in den Arm und versuchte mich zu trösten.

»Wir wissen wie es dir geht und wie es bei dir im Inneren aussehen muss. Es ist nicht einfach, einen Partner zu vermissen, den man liebt. Für uns Menschen ist eine Entführung eine furchtbare Erfahrung. Wie schnell so was passieren kann, erleben wir gerade.

Es geschieht alles so schnell, dass du nicht einmal versuchen kannst dem Entführer oder den Entführern zu entkommen. Sina ist nun ein Opfer dieser schrecklichen Entführung. Sie hatte leider keine Chance sich zu wehren. Glücklicherweise werden die meisten Entführungsopfer, nach den Verhandlungen, ziemlich schnell und meistens unversehrt wieder freigelassen. Leider haben sich Sinas Entführer bisher noch nicht gemeldet. Ich hoffe und bete, dass unsere geliebte Freundin bald wieder unter uns ist.«

»Dann lasst uns beten«, sagte Luther und bat, dass wir uns die Hände reichen.

»Herr, gib uns Kraft und Geduld. Tröste uns durch dein Wort. Lass uns die nächsten Tage bestehen und dankbar annehmen, dass Menschen uns auch Gutes erweisen können.

Herr, wir bitten dich, dass unsere Freundin Sina von ihren Entführern unversehrt freigelassen wird.

Herr, wir bitten dich, unseren Freund Eugen vor weiteren gesundheitlichen Schäden zu bewahren.

Herr, du bist unser Vater, dir vertrauen wir uns an. Amen.«

Obwohl ich kein so gläubiger Mensch bin, hatten mich Luthers Worte sehr berührt und ein Kloß lag in meinem Hals. Ich wollte Luther für sein Gebet danken, aber es ging nicht.

Wir standen noch einige Minuten Händehaltend zusammen, als sich hinter uns jemand leise räusperte.

Ich weiß nicht wie lange Sergeant Brookstone schon dagestanden hatte. Erst als wir unser Gebet beendet hatten, trat er zu uns.

»Ich wollte euch nur mitteilen, dass wir einen versuchten Anruf zu dieser Hausnummer aufgezeichnet hatten. Leider war er unterdrückt und zu kurz.«

»Das heißt, es rief jemand an, aber sagte nichts, oder wie meinst du das?«, fragte Jeff.

»Nein, nicht so ganz. Das Telefon klingelte. Aileen hob ab. Am anderen Ende war es still. Es hat jemand die Nummer gewählt, aber dann wieder abgebrochen. Vielleicht war es ein Versehen, oder der Anrufer hatte es sich anders überlegt.«

»Das kann natürlich alles gewesen sein. Da können wir reininterpretieren, was wir wollen, das bringt nichts«, sagte Jeff und winkte frustrierend ab.

»Das ist doch alles Bullshit. Wann melden sich diese lausigen Affen endlich. Diese Warterei macht doch alle Kirre oder?«, schimpfte ich wütend.

Luther und Jeff versuchten mich, wieder zu beruhigen.

»Ich weiß, es nutzt nichts, wenn ich mich aufrege, es nützt vor allem Sina nichts, aber ich bin ungeduldig, weil ich nicht weiß, was mit ihr passiert ist. Wo sie sich befindet. Ob sie noch am Leben ist, ob sie leidet. Es ist einfach schlimm für mich.«

»Du musst aber auch an Aileen denken. Sie hat doppeltes Leid zu tragen. Du musst gerade jetzt für sie eine Stütze sein. Es nützt keinem etwas, wie du sagtest, wenn du alle verrückt machst. Versuche etwas ruhiger und gelassener zu sein. Dann haben du und deine Mitmenschen mehr davon. Die Detectives werden das schon machen, sie sind routiniert und sie haben das Know-how jahrelanger Erfahrung. Ok?«, sagte Luther in seiner gewohnten ruhigen Art.

»Ja, ich reiße mich zusammen, obwohl es mir schwerfällt. Am liebsten würde ich durch die Gegend laufen und alles aus mir herausschreien.

Ich werde mich an deine Ratschläge halten und mich zurücknehmen.«

»Gut, dann kann ich euch, was ich vorhin schon berichten wollte sagen, wir haben wieder alle Hospitals nach Neueinlieferungen abgefragt, aber leider wieder nichts. Auch die Cops haben nichts Ungewöhnliches gesehen oder gehört. Wir bleiben weiter am Ball. Habt ihr irgendwelche Reaktionen aus den sozialen Medien?«

»Danke Matt. Nein, bisher nur Wichtigtuer und blöde Kommentare, die wir nicht weiterverfolgen können«, sagte Jeff und schüttelte mit dem Kopf.

Ein langer Tag voller emotionaler Tiefpunkte war zu Ende. Meine Freunde verabschiedeten sich und versprachen am nächsten Morgen wieder zu kommen. Die Detectives wechselten ihre Schicht und machten sich für die Nacht bereit.

Ich sah nochmals zu Aileen und begab mich anschließend ebenfalls zu Bett.

Lange lag ich wach und grübelte über Sina, Aileen, Eugen und besonders über mich nach. Ich ging mit mir besonders hart ins Gericht und ermahnte mich zu mehr Gelassenheit und positivem Denken.

Das schwor ich mir.

14

Die drei Entführer hielten Sina nun schon den vierten Tag gefangen.

Reagan hatte den Auftrag über Nacht auf Sina aufzupassen.

Am Morgen, so gegen acht Uhr, kam Schwarzenegger und weckte Reagan.

»War sie ruhig?«

»Jja, alles rruhig.«

»Hast du ihr schon Frühstück gebracht?«

»Nnein, nnoch nnicht.«

»Dann los aufstehen. Du hast genug gepennt.«

Die beiden bereiteten ein karges Frühstück mit etwas Weißbrot, Käse und einem Glas Milch.

Sie zogen ihre Masken über und setzten den Kopfbügel für den Stimmenverzerrer auf und gingen den Flur entlang zum Zimmer am Ende des Flurs.

Schwarzenegger schloss die Tür mit der doppelten Sicherung auf.

Sina lag auf dem Bett und hob bei dem Geräusch des Türöffnens ihren Kopf.

Die beiden betraten den Raum.

Schwarzenegger nahm einen Stuhl und stellte ihn neben das Bett.

Er betrachtete Sina, die ihre Augen geschlossen hielt, lange und sehr genau.

Er streckte seinen rechten Zeigefinger und bohrte ihn in Sinas rechten Oberarm.

Erschrocken sah sie in die Gummimaske.

»Was willst du von mir. Ich will nach Hause. Warum hältst du mich hier noch immer gefangen?«, fragte sie mit schwerer Zunge.

Schwarzenegger gab ihr keine Antwort, sondern richtete sich auf und ging zur Tür und winkte Reagan zu sich.

»Ich muss jetzt wieder zur Arbeit. Wenn Nixon kommt, dann sage ihm, er soll so lange bei dir bleiben, bis ich zurück bin. Gib ihr das Frühstück und schließe wieder gut ab. Hast du verstanden?«

»Jaja Bboss.«

Er verabschiedete sich und Reagan zeigte Sina ihr Frühstück und stellte es auf den Stuhl. Da sie nur an der linken Hand gefesselt war, konnte sie sich aufsetzen und essen.

Er wartete aber nicht, sondern verließ gleich nach Schwarzenegger den Raum und schloss die Tür wie geheißen ordentlich ab.

Gegen elf Uhr hörte Reagan, wie jemand stolpernd das Gebäude betrat. Die Türen wurden aufgerissen und wieder zugeschlagen.

Reagan packte die Pistole, die auf dem Tisch lag und wartete hinter der Eisentür. Fluchend betrat Nixon den Raum.

Er hatte die Tür mit zu viel Schwung geöffnet und sie knallte heftig gegen Reagan. Er fluchte und trat gegen die Eisentür.

Nixon konnte sich vor Müdigkeit und Alkohol nur mühsam auf den Beinen halten. Reagan stütze ihn und setzte ihn auf den Stuhl am Tisch.

»Wwas ist ddenn mmit ddir Hhe?Bsist ddu bbesoffen?«

»Geht dich einen Scheißdreck an. Kümmere dich um deinen eigenen Mist und hör auf zu stottern du Depp«, lallte er.

»Dder Bboss hat schon nnach ddir ggefragt.«

»Na und? Bin ich sein Angestellter? Der kann mich auch mal. Ich frage mich, wann wir endlich unser Geld bekommen. Das macht mich schon stutzig. Wenn er heute kommt, werde ich ihn zu Rede stellen.«

»Wwenn ddu mmeinst.«

»Hast du schon gefrühstückt?«

»Jja. Es ist ddoch sschon nach elf.«

»Na und? Hole mir einen Burger und eine Coke. Ich gebe dir auch was dafür.«

»Und wo?«

»Keine Ahnung. Nimm den Van und schau, wo es was gibt.«

Der gutmütige Reagan nahm das Geld und verließ den Raum.

Nixon saß auf dem Stuhl, sah sich um, stand auf und ging auf wackligen Füßen zu einem Schrank.

Er öffnete eine Seite und entnahm eine Tasche. Die Tasche, die Schwarzenegger für das Ketamin und die Spritzen aufbewahrte.

Nahm die Schlüssel und ging zum Ende des Ganges.

Mit unbeholfenen Händen öffnete er das Schloss zu Sinas Aufenthaltsraumes.

Taumelnd betrat er den Raum und ging auf das Bett zu.

Sina sah ihn auf sich zu kommen und schrie kurz auf.

»Halts Maul du blödes Stück.«

Er ging auf die rechte Seite des Bettes und versuchte, Sina am Arm zu packen. Da er keine Maske trug und auch keinen Stimmenverzerrer, konnte sie ihn genau ansehen, wusste aber nicht, welcher von den drei Entführern er war.

Er kam ihr näher und seine Alkoholfahne schlug ihr entgegen.

Mit der freien rechten Hand schlug sie ihm ins Gesicht. Taumelnd wich er dem Schlag aus, konnte aber nicht verhindern, dass Sinas Fingernägeln ihn noch beim Zurückweichen erwischten.

Nixon fühlte den brennenden Schmerz und tastete mit seiner Hand nach der Verletzung. Etwas Blut auf seinem Finger ließ ihn vor Wut schäumen.

»Du Miststück, das wirst du büßen. Du wirst schon sehen.«

Er ging wieder auf Sina zu, fasste sie grob am Arm und versuchte sie zu bändigen.

Sie schrie ihn an und schlug noch heftiger nach ihm. Nixon holte aus und schlug ihr mit der Faust ins Gesicht. Sina sank bewusstlos in sich zusammen.

»Siehst du, jetzt hältst du dein Maul.«

Mit den Stricken und Handschellen fesselte er ihre Arme. Ihre Beine spreizte er und band sie an den Bettrahmen fest.

Dann holte er die Tasche und entnahm eine Ampulle Ketamin. Zog eine Spritze auf und injizierte es intramuskulär in Sinas rechten Arm.

Da sie noch bewusstlos war, bekam sie das alles nicht mit.

Nixon setzte sich auf den Stuhl, den er neben das Bett gestellt hatte, und beobachtete Sina. Sie atmete ruhig und völlig entspannt.

Er sah sie eine Weile nur an.

Langsam tastend griff seine Hand nach Sinas Bluse. Er öffnete sie unbeholfen Knopf für Knopf. Mit seinem rechten Zeigefinger griff er in Sinas BH und tastete nach ihrem Busen. Er versuchte, ihre Brust zu berühren, aber es gelang ihm nicht und deshalb nahm er sein Messer und schnitt den BH in der Mitte durch. Mit einem Ruck öffnete sich der BH. Mit seiner Hand strich er über Sinas wohlgeformten Brüste. Strich über ihre Lippen und küsste sie auf den Mund und auf ihre Brüste.

»Wie schön du bist«, lallte er.

Sinas Gesicht schwoll langsam an. Ihre Atmung und Puls wurde immer schneller und heftiger.

Nixon stand langsam auf, löste Sinas linkes Bein aus der Fessel und zog die Hose herunter und das linke Hosenbein aus. Danach fesselte er sie wieder.

Jetzt zog er seine Hose runter, setzte sich auf das Bett, zog sein Messer und schnitt in Sinas Unterhose. Zerriss sie, bis sie mit nacktem Unterleib vor ihm lag.

Langsam und unbeholfen mit seiner herunterhängenden Hose zwängte er sich zwischen Sinas Beinen. Er fummelte an seiner Hose und zog sie umständlich aus. Mit der Hand nahm er sein Glied und versuchte es immer und immer wieder, in Sina einzuführen. Doch zunächst vergeblich.

Nach einigen unbeholfenen Versuchen gelang es ihm dann doch. Sinas bewusstloser Körper wurde durch seine wilden Bewegungen hin und her geschoben. Sein Schnaufen und Grunzen hallte durch die Tür in den Gang.

Ein dumpfes Geräusch unterbrach seine wilden Bewegungen und Grunzen.

Schwarzenegger stand hinter ihm und zertrümmerte mit einem Baseballschläger seinen Kopf.

Blutüberströmt sank er auf Sinas nacktem Körper.

Schwarzenegger warf den Schläger auf den Boden und riss Nixon wütend von Sina herunter.

Danach ging er zurück in den Aufenthaltsraum, zog seine Maske über, nahm einen Eimer Wasser und etliche Papierhandtücher.

Behutsam reinigte er Sinas Körper vom Blut.

Er befreite sie von allen Fesseln, zog ihre Hose wieder an und deckte sie mit einer Decke zu.

Dann nahm er Nixon und schleifte ihn in einen Nebenraum. Nachdem er alles flüchtig gereinigt hatte, nahm er die Pistole an sich und ging in den Aufenthaltsraum und nahm seine Maske ab.

Sein verschwitztes Gesicht kam zum Vorschein. Schwer atmend fiel er auf einen Stuhl und starrte auf den Boden.

Die Tür ging quietschend auf und Reagan trat in den Raum.

»Cchef du bbist schon dda?«

Schwarzenegger gab ihm keine Antwort und sah weiter auf den Boden.

»Iist wwas?«

Reagan bekam noch immer keine Antwort. Er blieb weiter an der Tür stehen. Unsicher sah er sich im Raum um, konnte aber nichts Auffälliges erkennen. Er legte das Mitgebrachte auf den Tisch. Ging auf die Tür zu und sah, dass die Tür zu Sinas Raum geöffnet war.

Langsam ging er den Gang entlang und sah, dass Sina zugedeckt und nicht gefesselt im Bett lag. Er erschrak, als er Blut neben und auf dem Bett entdeckte.

»Mein Gott, was ist denn hier passiert?«, sagte er, ohne zu stottern.

Er ging wieder zurück zu Schwarzenegger.

»Was ist passiert? Was bedeutet das Blut auf dem Boden und wo ist Charly?«

Schwarzenegger sah erstaunt zu Reagan.

»Wieso stotterst du nicht?«

»Das ist eine andere Geschichte. Sag mir, was passiert ist. Wo ist Charly?«

»Dein Freund Charly ist tot.«

»Was? Wieso?«

»Er hat Sina wieder Ketamin verabreicht und sie danach vergewaltigt.«

»Und deshalb hast du ihn getötet?«

»Ja, ich hatte keine andere Wahl.«

»Was machen wir jetzt?«

»Wir lassen sie frei.«

»Was ist mit dem Lösegeld?«

»Es gibt und gab nie eine Lösegeldforderung. So einfach ist das.«

»Und für was das Ganze? Wie hattest du dir das mit dem Geld vorgestellt?«

»Ihr hättet Geld von mir bekommen, aber nicht so viel wie ich euch gesagt hatte.«

»So haben wir nicht gewettet. Du hast mich dafür engagiert.«

»Ich hatte es mit Charly ausgemacht. Du bist mit Charly gekommen. Er sagte, ohne dich würde er nicht mitmachen, also musste ich notgedrungen einwilligen.«

»Das ist nicht fair. So war es nicht ausgemacht. Das ist nicht richtig.«

»Noch mal, wieso stotterst du nicht mehr?«

»Das spielt doch jetzt keine Rolle mehr.«

»Ich will es aber trotzdem wissen.«

»Ich wollte nicht, dass ich danach erkannt werde. Das ist alles. Noch mal zu meiner Frage, was willst du mir eigentlich für die Arbeit bezahlen?«

»Das sehen wir schon Michael. Ich werde dich schon entlohnen. Ganz bestimmt.«

»Das sehen wir schon? So kommst du mir aber nicht davon.«

Wütend trat er mit geballten Fäusten auf den Sitzenden zu.

Schwarzenegger stand langsam auf und sah ihm, von oben herab, in seine dunklen Augen. Michael ließ sich nicht einschüchtern und griff in seine linke Hosentasche.

Schwarzenegger, der die ganze Zeit seinerseits seine Hand in seiner rechten Hosentasche gehalten hatte, zog die Pistole heraus und schoss Reagan, genannt Michael, mitten in die Brust.

Mit einem ächzenden Laut viel er zu Boden.

Schwarzenegger ließ die Pistole fallen und setzte sich auf den Boden neben den Toten.

»Das war dein versprochener Lohn. Bist du nun damit zufrieden?«

Zusammengekauert, wie ein Häufchen Elend saß er nun da. Lange saß er da. Erst Sinas Stöhnen ließ ihn aus seiner Lethargie erwachen.

Er stand auf, setzte die Maske auf und ging zu ihr.

Er sah in ihr geschwollenes Gesicht und erschrak. Er nahm seine Hände vors Gesicht und weinte.

»Das habe ich nicht gewollt«, flüsterte er mit reiner aber weinerlichen Stimme.

Er hatte völlig vergessen, das Gerät anzuschließen.

Sina sah ihn verwundert an. Irgendwie kam ihr die Stimme bekannt vor.

»Ich werde dich freilassen. Du kannst bald wieder nach Hause«, flüsterte er kaum vernehmbar, stand auf und verschloss die Tür hinter sich.

Er hatte in den nächsten Stunden andere Sorgen, er musste zwei Leichen verschwinden lassen.

15

Im Hause Boron verfolgten, wie auch in den vergangenen Tagen schon, alle fieberhaft die spärlichen Hinweise.

Es war schon Freitag und der fünfte Tag nach Sinas vermutlicher Entführung. Es gab nichts, aber auch gar nichts, was uns bisher weitergeholfen hätte. Alle unsere Bemühungen, waren vergeblich. Kein Zeichen, wo Sina sich aufhielt, nicht das kleinste Lebenszeichen.

Alle waren sehr bemüht. Der FBI Agent befragte erneut alle, auch mich und meine Freunde, wann wir Sina das letzte Mal gesehen hätten und nach allen anderen Möglichen.

Geduldig ließen wir die Prozedur über uns ergehen. Was sollten wir denn auch tun. Jede Kleinigkeit konnte von Nutzen sein.

Nach unserer Befragung fuhr er zu Sinas Arbeitsstätte, um dort die Mitarbeiter zu befragen.

Aileen fuhr schon am frühen Morgen zu Eugen in das Krankenhaus. Wir alle hofften, dass es ihm wieder besserginge und die Ärzte ihn langsam wieder aus dem Koma zurückholen.

Eine Stunde an jedem Tag verlief wie die andere. Keine weiteren Erkenntnisse, war am Abend das Resümee.

Aileen kehrte spät am Abend vom Krankenhaus zurück.

»Dr. Parker sagte, dass es Eugen sehr gut geht und vermutlich in ein oder zwei Tagen wieder aus dem Koma aufgeweckt werden kann. Er glaubt, dass er wieder gesunden wird. Für Eugens labilen Gesundheitszustand hätten auch schon geringere Störfaktoren zu diesem Blackout geführt. Er ist für den weiteren Verlauf sehr zuversichtlich. Morgen früh fahre ich wieder zu Eugen. Mir wäre es recht, wenn du hier im Haus bleiben würdest.«

»Ich hoffe, dass alles zutrifft, was der Doktor dir gesagt hatte. Ja, ich glaube, es ist besser, wenn ich hier weiter als Ansprechpartner bleiben kann.«

Am nächsten Morgen lief alles wieder so ab wie in dem Film „Und täglich grüßt das Murmeltier."

Die Detectives lösten sich ab, der Lieutenant und der Sergeant trafen ein. Ein wenig später der Agent.

Gegen acht Uhr kamen auch meine Freunde hinzu.

Mr. Smith und Prince lagen im Garten oder, wenn es ihnen zu viel wurde, gingen sie in mein Zimmer und machten es sich dort gemütlich.

Mittlerweile war die Routine der Chef in unserem Haus. Einiges wurde nicht mehr so richtig ernst genommen. Es wurde auch öfters gelacht, was mich sehr ärgerte. Matt der Sergeant entnahm dies meinem Gesicht und ermahnte seine Leute zur Disziplin.

Da Aileen nicht zu Hause war, übernahmen Sahra und ich den Part der Kaffeemaschine. Ich besorgte, wie für Polzisten üblich, Donuts in allen Farben und wir servierten ihnen ihre Köstlichkeiten.

Während des Verspeisens der Donuts stieg der Geräuschpegel wieder. Unwirsch schrie ein Detective.

»Ruhe! Wir haben eine Nachricht von einer Streife aus Staten Island. Sie haben eine verwirrte Frau im Latourette Park aufgegriffen, die der Beschreibung der vermissten Sina Boron ähnelt. Sie nehmen sie mit und bringen sie in das nahe gelegene Seaview Hospital.«

Mit einem Schlag herrschte Totenstille. Alle Blicke hingen gespannt am Mund des Detectives, ob er noch mehr zu verkünden hatte.

»Das wars, mehr habe ich noch nicht. Sie melden sich wieder.«

Jetzt hieß es schon wieder warten. Warten auf die hoffentlich positive Überprüfung durch die Cops.

Wir alle waren nervös und auf das Äußerste gespannt.

»Ich fahr da hin«, sagte ich und wollte mich schon in Bewegung setzen als Jeff und Luther mich festhielten.

»Halt, das hat keinen Zweck. Wir sollten warten, bis die Cops es herausfinden, ob es überhaupt Sina ist.«

Jeff hatte recht. Wir sollten wirklich noch warten.

Ich lief wie ein Tiger im Käfig auf und ab. Ich wusste, dass ich die anderen damit nervös machte.

Aber das war mir egal.

Es dauerte fast eine halbe Stunde bis die Cops über das Telefon, das jetzt auf Laut gestellt wurde, bestätigte, dass es sich mit höchster Wahrscheinlichkeit, um Sina Boron handelt.

Jubelnd fiel ich meinen Freunden und einem nach dem anderen Anwesenden um den Hals.

Wir alle, die verantwortlichen Detectives, der Agent und meine Freunde fuhren sofort die lange Strecke von Long Beach nach Staten Island.

Wir Freunde fuhren mit Jeff und die Detectives mit ihrem Dienstwagen.

Während der Fahrt telefonierte ich mit Aileen und berichtete ihr von dem Ereignis. Ich hörte sie weinen und beruhigte sie. Ich versprach ihr, sie sobald ich mehr wisse, sofort wieder anzurufen.

Nach etwas mehr als einer Stunde trafen wir endlich im Hospital ein.

Die Polizeistreife empfing uns schon am Eingang und Lieutenant Harper sprach mit den Cops.

»Wir haben sie an der Rockland Avenue gefunden. Anwohner riefen uns an und berichteten über eine sehr verwahrloste Frau, die verwirrt am Rande des Parkes umherlief. Die Anwohner haben sie bis zu unserem Eintreffen festgehalten.

Sie war in einem jämmerlichen Zustand. Ihre Kleidung war blutig und zerrissen. Ihre Hygiene ließ sehr zu wünschen übrig.

Wir haben sie nach ihrem Namen befragt, aber sie konnte keine Angaben zu ihrer Person, noch zu ihrem Aufenthaltsort machen. Sie sprach und bewegte sich, als ob sie unter Drogen stand. Wir brachten sie anschließend in die Aufnahme«, berichteten die Cops.

Wir bedankten uns bei ihnen und begaben uns zur Anmeldung.

Josh, der Lieutenant, befragte die Schwestern und sie riefen den behandelten Arzt.

Mit wallendem weißen Kittel und schnellen Schrittes kam eine mittelgroße schlanke, braun gebrannte Frau auf uns zu.

»Sind Sie die Herren der Obdachlosen?«

Josh stellte sich und uns kurz vor und berichtigte die Ärztin.

»Sie ist keine Obdachlose, sondern es ist wahrscheinlich die Person, die entführt wurde und gesucht wird. Können Sie uns bitte zu ihr bringen, damit wir sie identifizieren können.«

»Ja gerne, folgen Sie mir bitte.«

Wir folgten ihr und sie zeigte uns das Zimmer, in dem die gefundene Person lag.

Als ich in das Zimmer eintrat, wurden meine Knie weich und ich drohte umzufallen. Luther konnte mich gerade noch festhalten.

Da lag sie nun, meine Sina.

Angeschlossen an einem Sauerstoffgerät. An den Armen Schläuche, die zu den einzelnen Tropf-Beuteln, die an dem Galgen hingen, führten.

In diesem Augenblick hatte ich, zum ersten Mal wieder, seit dem Tod meiner Tante, Herzrasen und eine tiefe Traurigkeit in mir.

Eigentlich hätte ich vor Freude jauchzen sollen, aber der Anblick meiner geliebten Sina trieb in mir alle meine Emotionen hoch, die ich an Liebe, Traurigkeit, Verbitterung, Fassungslosigkeit freigeben konnte.

Langsam ging ich zu ihr und setzte mich auf den Bettrand der Schlafenden. Ich nahm ihre Hand und küsste sie. Jetzt konnte ich die Verletzungen erkennen und fragte mich, warum ihr die Peiniger das angetan haben.

Ihr linkes Auge war dunkel unterlaufen und die Wange geschwollen. Ihre Handgelenke zeigten tiefe Stellen mit Wundkruste. Sie atmete ruhig, aber in kurzen Abständen zuckte ihr Körper. Was mag sie alles durchgemacht haben.

Meine Frage, die ich in den Raum stellte, blieb unbeantwortet.

Ich drehte mich um und sah, dass alle den Raum verlassen hatten.

Einige Zeit saß ich auf der Bettkante und sah sie nur an. Meine Gedanken waren nur bei ihr und unserer Zukunft.

Die Tür öffnete sich zaghaft und leise. Die Ärztin trat ein und berührte meine Schulter.

»Mr. Newman, sie wird wieder gesund, das verspreche ich Ihnen. Ihre Wunden werden wieder verheilen, aber wie es in ihrer Seele aussieht, da können wir leider nicht hineinsehen. Sobald sie wieder aufwacht und wir unsere Untersuchungen abgeschlossen haben, können wir mehr sagen.

Nach meinem ersten Eindruck habe ich die Vermutung, dass sie unter Drogeneinfluss steht. Wir werden später Blut abnehmen und diese zur Untersuchung an das Labor weitergeben. Erst danach sind wir schlauer.

Ich lasse Sie noch für einen Augenblick mit ihr alleine, dann müssen wir mit den Untersuchungen beginnen.«

Ich bedankte mich bei ihr und saß noch ein paar Minuten bei Sina, bevor die Schwestern das Zimmer betraten.

Meine Freunde standen vor der Tür und umarmten mich.

»Gott sei Dank, sie ist es«, sagte Sahra mit feuchten Augen.

Kein Auge war trocken geblieben. Alle waren bei dem Anblick von Sinas Zustand sehr betroffen.

»Ich werde mit nach Hause fahren und anschlie-ßend wieder hier her zurückkommen, um mir ein Motel zu suchen. Ich werde so lange bei Sina blei-ben, bis sie wieder gesund ist und wieder nach Hause kann.«

Die Freunde nickten und konnten meinen Ent-schluss nachvollziehen.

Ich sprach mit den Detectives und unterrichtete sie von meinem Vorhaben.

Ich sprach auch noch abschließend mit der Ärz-tin und wir fuhren wieder zurück nach Hause.

Noch im Hospital telefonierte ich mit Aileen. Sie war überglücklich.

Zu Hause angekommen, sah ich in erleichterte Gesichter. Die Detectives, die noch Dienst im Hause hatten, wurden noch telefonisch aus dem Hospital von Sergeant Brookstone unterrichtet.

Aileen war kurz nach unserer Ankunft ebenfalls vom Krankenhaus zurückgekehrt.

Ich berichtete ihr alles, wie Sina gefunden wurde und wie ich sie vorgefunden hatte. Von meiner Ab-sicht in ein Motel zu gehen, um bei Sina zu bleiben, war sie sehr angetan und war glücklich.

Beinahe hätte ich Eugen vergessen, aber Aileen nicht. Sie erzählte mir, dass Eugen am nächsten Tag wieder in den Wachzustand zurückgeholt werde.

Sein Zustand sei um vieles besser geworden. Morgen werden sie endgültig wissen, ob er irrepa-rable Schäden davongetragen hat.

Aileen blieb vorerst bei Eugen. Sobald sie Gewissheit über seinen Gesundheitszustand habe, wolle sie Sina besuchen.

Sergeant Brookstone stand am Tisch und redete mit den Detectives. Als er mich sah, unterbrach er und drehte sich zu mir.

»Matt, wie geht es nun weiter mit euch? Bleibt ihr noch hier?«, fragte ich.

»Hier bei euch sind wir durch, aber die Suche nach den Entführern geht weiter. Wir werden so lange keine Ruhe lassen, bis wir sie gefunden haben. Das kann ich dir versprechen.«

»Danke dir. Das wollte ich nur wissen. Diese Schweine dürfen nicht einfach so davonkommen. Ich hoffe, ihr werdet sie so schnell wie möglich finden.«

»Das werden wir.«

Ich bedankte mich bei den Jungs, die Tag und Nacht ihren Dienst absolvierten.

Zum Dank gab es nochmals eine Runde Kaffee und etliche Donuts.

Ich packte meine Sachen, verabschiedete mich von Aileen und meinen Freunden.

Prince und Mr. Smith erlaubte ich, weiterhin in unserem Zimmer zu chillen.

Am Nachmittag fuhr ich nach Staten Island und suchte mir eine Unterkunft für die nächste Zeit bei meiner Sina.

Ich fand das Razhberg Motel. Es war nur fünf Minuten vom Hospital entfernt.

Um die weiteren Untersuchungen im Hospital nicht zu stören, wollte ich erst am nächsten Tag wieder Sina besuchen.

16

Nach einer sehr unruhigen und von Albträumen geplagte Nacht, wachte ich schweißgebadet gegen sieben Uhr auf.

Ich öffnete das Fenster. Die angenehm frische Luft füllte schnell den Raum. Es war noch zu früh, um aufzustehen, also zwang ich mich, noch etwas im Bett zu verweilen.

Ich dachte an Sina und an die Qualen, die sie aushalten musste.

Ich hielt es dann nicht länger im Bett aus, ging duschen und frühstücken.

Punkt neun Uhr traf ich im Hospital ein. Chefarzt Dr. Coleman sah mich kommen und begrüßte mich.

»Gut, dass ich sie treffe. Ihre Verlobte befindet sich im ständigen Wechsel zwischen Schlaf- und Wachphase. Gesprochen hat sie noch nichts. Vielleicht spricht sie, wenn sie bei ihr sind. Wir haben etliche Blutproben untersucht und festgestellt, dass ihr etliche Dosen von Ketamin verabreicht wurden.«

»Ketamin?«, unterbrach ich ihn.

»Ketamin, Ketaminhydrochlorid ist ein Narkose-
mittel, das vor allem in der Notfall- und Tiermedi-
zin angewendet wird.«

»Wieso haben die ihr das verabreicht?«

»Um sie ruhig zu stellen.«

»Wie haben sie ihr das gegeben?«

»Wir haben etliche Einstiche in den Armen gefunden. Sie wurden entweder intravenös oder intramuskulär verabreicht.

Die blutunterlaufenen Stellen zeigen es ganz
deutlich.«

»Das heißt vielleicht aber auch, dass sie vermutlich nicht viel mitbekommen hat oder?«

»Na ja, bereits in geringen Dosierungen wirkt
Ketamin halluzinogen.

Der Ketaminrausch ist kaum mit der Wirkung einer anderen Droge zu vergleichen. Manche Nutzer
dieser Droge berichten von einem Gefühl, aus dem
eigenen Körper ausgetreten zu sein.

Die Handlungsfähigkeit und Wahrnehmung
sind stark eingeschränkt und das Schmerzempfin-
den wird stark gemildert oder gar ganz abgeschaltet.

Wir können davon ausgehen, dass sie nach der
Injizierung sehr begrenzt handlungsfähig war.«

»Hat sie mit eventuellen Nachwirkungen zu
rechnen?«

»Wir können zum jetzigen Zeitpunkt noch nicht
feststellen, wie oft und wie hoch die Dosierungen
waren, denen Ihre Verlobte ausgesetzt war.

Dissoziative Anästhetika können schon in geringen Dosen Funktionsstörungen in Gebieten des Gehirns, die für Gedächtnis, Lernen und Wahrnehmung verantwortlich sind, als Nachwirkungen auslösen.

Je öfter diese Substanzen konsumiert werden und je größer die einzelnen Dosen sind, desto bedenklicher werden die Funktionsstörungen.

Manche Langzeitkonsumenten leiden unter neurologischen Störungen und Beeinträchtigungen des Gedächtnisses.

Wir können nur hoffen, dass diese Nachwirkungen bei ihr nicht eintreffen werden.«

»Mein Gott, was haben diese Bestien mit ihr gemacht.«

»Sprechen Sie mit ihr, aber vermeiden Sie jede Befragung nach den Tätern oder nach ihrer Entführung. Reden Sie mit ihr über allgemeine Dinge. Ich habe gehört, dass ihr Vater ebenfalls krank in einem Hospital liegt. Vermeiden Sie auch dies, ihr das zu sagen.«

»Das werde ich tun.«

»Gut, dann sehen wir uns später noch einmal. Ich habe Ihnen noch einiges weitere zu berichten, aber dann in meinem Büro.«

Wir verabschiedeten uns und ich begab mich zu Sina.

Leise öffnete ich die Tür zu ihrem Zimmer.

Wie die Schwester mir mitteilte, bleibt sie auch weiter in diesem Einzelzimmer.

Sina bekam über eine Maske zusätzlich Sauerstoff. Zwei Schläuche führten von jeweils einem Tropf zu ihren Venen. In gleichmäßigen Abständen tropfte daraus die Flüssigkeit in die Schläuche.

Es war ein trauriger Anblick sie so zu sehen. Blutunterlaufenes Gesicht und zerschundener Körper.

Ich nahm einen Stuhl und setzte mich neben sie.

Sie schlief und atmete ruhig und tief. Ich nahm ihre Hand, sie war wie immer kalt, und streichelte sie mit meinem Daumen.

Das monotone Piepsen des Überwachungsgerätes ließ mir öfter die Augen zufallen.

Ich weiß nicht wie lange ich so bei ihr saß, als sie ihre Augen öffnete.

Sie sah mich an, aber ich konnte nicht erkennen, ob sie mich wirklich wahrnahm.

»Hallo mein Schatz. Ich bin es Frank.«

Ich hoffte, ein Lächeln zu bekommen, aber sie sah mich nur mit versteinerter Miene an. Ihre Atmung wurde schneller und heftiger.

Das Piepsen des Gerätes zeigte an, dass ihr Puls auf über 110 Schläge angestiegen war. Eine Schwester betrat den Raum und sah nach ihr und kontrollierte das Gerät.

»Ihr Puls schlägt schneller. Ich vermute, sie erkennt, dass sie bei ihr sind.«

»Sie schaut durch mich durch. Ist das normal?«

»Das müssen Sie den Chef fragen. Er kann Ihnen bestimmt eine Antwort darauf geben.«

»Ich soll sowieso heute noch zu ihm kommen.«

»Ach ja, er lässt Ihnen ausrichten, dass Sie in einer halben Stunde zu ihm ins Büro kommen möchten.«

»Ja, vielen Dank. Mache ich.«

Sina sah mich weiterhin apathisch an.

Irgendwann wurden ihre Augenlider schwer und sie schlief wieder ein.

Ich verabschiedete mich von ihr und begab mich zum Chefarzt.

»Schön, dass Sie gekommen sind. Ich habe Ihnen noch einiges von unserer Untersuchung zu berichten. Leider habe ich zuerst eine sehr schlechte Nachricht. Ihre Verlobte wurde von einem ihrer Entführer vergewaltigt.«

»Vergewaltigt?«

»Ja.«

»Mein Gott. Was haben sie noch mit ihr gemacht?«

»Es tut mir sehr leid. Ich möchte Ihnen nach der traurigen Mitteilung auch das gute Ergebnis unserer Untersuchung mitteilen. Sina ist schwanger.«

»Was? Davon weiß ich nichts. Sie hat mir nichts gesagt.«

»Sie ist etwa in der elften Woche.«

»Hat das Baby durch die Vergewaltigung Schaden genommen?«

»So wie wir feststellen konnten, nein. Wissen Sie, ob sie Menstruationsschwierigkeiten hat?«

»Das kann ich Ihnen nicht sagen.«

»Gut, dann lassen wir das.«

»Ist sie durch die Vergewaltigung verletzt worden?«

»Ja und nein. Sie hat an den Innenseiten der Oberschenkel blaue Flecken, aber sonst ist alles in Ordnung. Körperlich hat die Entführung Spuren hinterlassen. Die werden irgendwann verschwinden. Die seelischen Wunden lange nicht.«

»Das heißt?«

»Solange sie sich nicht hundertprozentig im wachen Zustand befindet, können wir nichts sagen. Erst wenn wir mit ihr reden können, wissen wir, wie schwer ihre Seele gelitten hat.

Wir werden hier alles versuchen, Sina wieder in den körperlichen Gesundheitszustand zu versetzen, den sie vor ihrer Entführung hatte.

Ihre Psyche werden wir nicht so schnell heilen können. Dazu benötigen wir unsere Fachärzte.«

»Also Psychiater?«

»Ja, dazu wird sie in eine Fachklinik überwiesen werden müssen. Wie ich schon sagte, es kommt darauf an, wie stark ihre Psyche jetzt ist. Lassen Sie uns abwarten.«

»Gut. Ich bedanke mich für Ihre offenen und ehrlichen Worte. Jetzt weiß ich wenigstens, woran wir sind. Ich bleibe solange hier, bis es ihr wieder bessergeht und ich sie mit nach Hause nehmen kann. Übrigens, ich wohne so lange im Razhberg Motel.

Hier ist meine Telefonnummer, falls irgendetwas unvorhergesehenes passieren sollte.

Ich bin Tag und Nacht erreichbar.«

»Gut Herr Newman …«

»Frank …«

»Gut Frank, dann bitte Nathan, verbleiben wir so.«

«Vielen Dank Nathan.«

Ich verabschiedete mich und fuhr zurück ins Motel.

17

Ich besuchte Sina jeden Tag, erinnert sie an unsere Verlobung, ihren Eltern und von unseren gemeinsamen Freunden. Als ich ihr erzählte, dass es sich Prince und Mr. Smith in unserem Zimmer gemütlich gemacht haben, huschte ein leichtes Lächeln über ihr Gesicht.

Ich las aus verschiedenen Zeitschriften oder aus Romanen vor, damit sie sich wieder zurechtfindet. Auf mein Handy lud ich verschiedene Musikstücke aus Robs Tournee und spielte sie ihr vor.

So sorgte ich für Abwechslung im Krankenzimmer.

Zwischendurch sprach ich mit Aileen und erkundiget mich nach Eugens Gesundheitszustandes.

»Es geht aufwärts. Er hat keine körperlichen Einschränkungen. Er kann sprechen und gehen. Alles wieder soweit in Ordnung. Es war zum Glück nur ein großer Schwächeanfall. Also kein Schlaganfall. Der Arzt meinte, dass er am Freitag wieder nach Hause kommen kann. Ich freue mich schon so darauf.«

Aileen war sichtlich von Eugens Fortschritt sehr erleichtert.

Auch ich war sehr erleichtert. Wenigstens eine positive Nachricht.

»Wie geht es meinem Engel? Geht es ihr gut? Ist sie noch verletzt? Isst sie auch ordentlich?«, fragte Aileen sehr aufgeregt.

Ich berichtete Aileen von Sinas leichten Fortschritten. Genaues vermied ich. Sie sollte zu diesem Zeitpunkt nicht mit Sinas schwerem Unglück belastet werden. Sie hatte genug mit Eugen zu tun und dann noch die Belastung ihre Tochter nicht besuchen zu können.

Vier Tage waren seit Sinas Auffinden und Einweisung in das Hospital vergangen.

Heute Morgen ging es ihr schon viel besser. Sie nahm das Frühstück selbständig zu sich und konnte mitsamt dem Tropfständer im Schlepptau ins Bad gehen, auf die Toilette.

Als ich zu ihr kam, sah sie mich viel vertrauter an. Ihr Blick war viel klarer, aber sie vermied den Blickkontakt immer noch. Die Blutergüsse im Gesicht und an den Armen waren nicht mehr ganz so ausgeprägt.

Ich las ihr, wie jeden Tag, die wichtigsten Meldungen aus den verschiedenen Zeitschriften vor. Als ich ihr von Robs Konzerte vorlas, lächelte sie und betrachtete Robs Bild, wie er am Klavier saß, lange.

«Ich freue mich so über Robs späten Erfolg», sagte ich und sie sah mich zum ersten Mal lange an.

Tränen liefen ihr über die Wangen. Sie griff nach meiner Hand. Ich umarmte sie und sie ließ es zum ersten Mal zu.

Jeden Tag hatte ich versucht, sie zu küssen und sie zu umarmen, aber sie drehte sich immer wieder von mir weg.

Ich konnte sie verstehen, wenn man als Außenstehender überhaupt verstehen kann, welche Qualen sie mitgemacht haben muss.

Ich versuchte sie nicht zu bedrängen, sondern ganz behutsam sie wieder in ihr altes und behütetes Leben zurückzuführen. Es würde nicht einfach sein, das war mir klar, aber ich war mir sicher, dass es uns gemeinsam mit unserer Liebe wieder gelingen würde.

Tag für Tag verging. Oft war ich frustriert. Ließ es mir aber nicht anmerken. Vermutlich bemerkte sie es dennoch, denn Sina kannte mich zu gut, um nicht zu spüren, was ich empfand.

Tag für Tag versuchte ich, nur ihre Hände zu berühren. Jeden Tag aufs Neue. Jeden Tag ließ sie es etwas mehr zu.

Am heutigen siebten Tag hatte ich schon sehr viel erreicht. Ich durfte sie bei unserer Begrüßung endlich küssen und ihre Hand halten und streicheln. Ich war sehr erfreut und glücklich darüber. Ich glaube, sie genoss die Berührungen.

Nach den vielen Gesprächen mit Nathan, war ich sehr zuversichtlich.

Die Ketamin Dosierungen die sie Sina verabreicht hatten, waren zum Glück nicht so hoch und über eine längere Zeit gegeben, dass sie körperlich abhängig geworden wäre. Sie hat es sehr gut abgebaut. Schlimmer ist ihre seelische Verfassung. Sie macht ihm mehr Sorgen.

»Sie braucht noch einige Zeit. Nur sie kann aus diesem dunklen seelischen Tunnel wieder heraus in die Helligkeit hineinfinden. Mit unserer gemeinsamen Unterstützung wird sie es schaffen. Sie wird wieder Vertrauen aufbauen und wieder sie selbst werden. Geduld ist das Schlüsselwort für ihre Genesung. Helfen Sie ihr dabei.«

Genau das habe ich befolgt. Geduld, viel Geduld zu haben und ihr zu helfen aus dem Tunnel herauszukommen.

Heute war der Tag, an dem ich erreichen wollte, dass sie mit mir sprechen würde.

Ich las ihr wieder, wie jeden Tag, vor und zeigte ihr die Fotos von Prince und Mr. Smith, die ich vor Tagen auf meinem Handy geschossen hatte.

»Schau mal wen ich auf meinem Handy habe?«

Sina sah sich die Bilder an und weinte. Ich erschreckte, und befürchtete einen Fehler begangen zu haben, aber ich sollte mich täuschen.

»Mein Prince und mein Kater.«

Ich beobachtete Sina verwundert, als sie mit ihrem Zeigerfinger über das Bild strich.

»Ich vermisse sie so sehr«, sagte sie und sah mich traurig an.

»Du wirst sie bald wiedersehen, glaube mir.«

»Ja, das werde ich.«

»Liebling, ich bin so glücklich, dass du wieder sprichst.«

In diesem Moment wusste ich nicht, was ich tun könnte um weiter mit ihr im Gespräch zu bleiben. Ich vergaß die ermahnende Geduld, die Nathan Coleman mir auferlegt hatte.

»Geht es dir gut? Hast du noch Schmerzen? Kann ich dir was besorgen?«

Vor Freude redete ich wie ein Wasserfall auf sie ein, ohne an die eventuellen Konsequenzen zu denken.

»Mir geht es gut.«

Diese wenigen Worte reichten aus, und meine Gefühle gingen mit mir durch. Anstatt Sina aufzumuntern, sie zu stärken, sie zu unterstützen, tat ich das, was ich in mir am meisten hasste, ich heulte wie ein kleines Kind.

Sina war wie immer die Stärkere. Trotz ihrer gesundheitlichen Lage, tröstete sie mich.

Wie so oft. Welch eine Farce.

Ich hatte meinen Kopf in ihren Schoß gedrückt und sie strich mir zart über das Haar.

Es ist immer das Gleiche mit mir, ich kann meine Gefühle fast nie unter Kontrolle halten.

Sehen wir uns einen sehr gefühlvollen Film an oder lese ein trauriges Buch und wer heult, ich.

Es ist halt so.

Meine Gefühle überfallen mich. Ich kann nichts dagegen tun.

Endlich fing ich mich wieder und wischte mir die Tränen aus dem Gesicht.

»Entschuldige bitte.«

Sina sagte keinen Ton, sah mich nur an.

Mit tränennassem Gesicht sah ich sie an und ärgerte mich über meine katastrophale Vorstellung.

Ich entschuldigte mich und ging aus dem Zimmer.

«Kann ich Ihnen helfen?«, fragte mich Nathan, der zufällig aus seinem Büro kam.

»Alles OK. Sie hat mit mir gesprochen.«

»Wann?«

»Gerad eben.«

»Warum sind Sie nicht bei ihr?«

»Ich habe geheult und ärgere mich jetzt darüber.«

»Sie ärgern sich wegen Ihrer Tränen? Seien Sie froh, dass Sie das tun können. Manche Menschen, egal ob Männer oder Frauen, können das nicht. Sie können keine Emotionen zeigen. Das ist viel schlimmer, glauben Sie mir. Gehen Sie wieder zu ihr. Zeigen Sie ihr, dass Sie Gefühle haben, dass Sie diese nicht verstecken, sie auch zeigen können. Gehen Sie zu ihr und zeigen Sie ihr Ihre Liebe. Ich glaube, sie ist wieder soweit, um Liebe entgegenzunehmen. Sie muss ihre Liebe gewiss sein. Gehen Sie zu ihr. Gehen Sie.«

Der Doktor hatte vollkommen recht. Ich muss mich meiner Tränen nicht schämen und ich weiß, dass es Sina weiß.

Sina saß auf ihrem Bett und lächelte, als ich wieder in das Zimmer eintrat. Mein Gott liebte ich diese Frau. Ein Leben ohne sie könnte ich mir nie vorstellen.

Lange blieb ich an diesem Tag bei ihr. Nach dem Abendessen schlief sie ein.

Ich ging in die Kantine und aß etwas.

Zurück im Zimmer schlief sie noch immer.

Ich las in einem Buch und sah immer wieder zu ihr. Sie drehte sich in ihrem Bett unruhig hin und her.

»Reagan«, sagte sie und schlug mit ihrer Hand in die Luft.

Erschrocken sah ich sie an und versuchte sie durch Berührung ihrer Hand, zu beruhigen.

Aufwecken wollte ich sie nicht, denn ich wusste nicht, was passieren könnte.

Ich beobachtete sie weiter in ihren Träumen.

Sie rief mehrmals nach Reagan, Schwarzenegger und Nixon.

Ich fragte mich, warum sie jetzt von ehemaligen Präsidenten und einem Gouverneur von Kalifornien träumt.

»Schwarzenegger. Nicholas«, rief sie wieder und lauter als bei den anderen Namen.

Jetzt konnte ich es nicht mehr mit ansehen und strich ihr über ihre Wangen. Sie wurde ruhiger und atmete tief und fest.

Nach einer Weile regte sie sich und sah mich verwundert an.

»Jetzt bin ich doch gerade eingeschlafen. Wo warst du denn?«

Sie sprach wieder ganz normal und deutlich, als ob nie etwas gewesen wäre.

»Ich war unten in der Kantine und habe etwas gegessen.«

»Ach so, das ist gut.«

Ich wusste nicht, ob ich sie auf die Namen ansprechen sollte. Ließ es aber. Ich wollte vorher mit Nathan sprechen.

Irgendwann so gegen neun Uhr wurde auch ich müde. Ich verabschiedete mich von ihr und sie wünschte mir eine gute Nacht.

Hoffnungsvoll und überglücklich fuhr ich in das Motel und hatte endlich wieder einmal eine sehr gute Nacht.

18

Ein paar Tage später, an einem frühen Morgen, fuhr Aileen ins Krankenhaus, um Eugen abzuholen.

Im Zimmer wartete er schon fertig angezogen auf sie.

Sie verabschiedeten sich von Dr. Parker und den Schwestern und fuhren nach Hause.

Prince und Mr. Smith waren die ersten und auch die einzigen die Eugen begrüßten.

»Ist Sina wieder zu Hause?«

»Nein.«

»Wo ist sie denn?«

Aileen wusste nicht, wie sie es Eugen erklären sollte, was mit Sina geschehen war.

»Komm, setzen wir uns ins Wohnzimmer.«

»Wurde sie gefunden?«

»Schatz wie du weißt, wurde Sina entführt. Sie befindet sich zurzeit stationär im Seaview Hospital in Staten Island.«

»Was haben sie mit ihr gemacht? Ist sie verletzt?«

»Ihr geht es nicht gut. Sie wurde vergewaltigt und mit Drogen vollgepumpt.«

»Mein Gott. Was haben sie unserem Engel angetan. Wir müssen sofort zu ihr.«

»Frank ist die ganze Zeit bei ihr.«

»Aileen, wir fahren sofort zu unserer Tochter. Ich lasse sie jetzt nicht alleine.«

Aileen konnte Eugen nicht umstimmen und so fuhren sie nach Staten Island.

Im Hospital angekommen, wurden sie von einer Schwester zu Sinas Zimmer begleitet.

Sina schlief und ich saß neben ihr auf einem Stuhl und las ein Buch.

»Aileen, Eugen. Was macht ihr denn hier?«, fragte ich erstaunt.

Nach einem kurzen Gruß eilten sie zu Sina, die mittlerweile aufgewacht war.

»Liebling, wie geht es dir? Was haben sie mit dir gemacht? Hast du Schmerzen?«, fragte Aileen.

Eugen stand nur da und kein Wort kam über seine Lippen. Er war in einem Schwebezustand zwischen Weinen und Fassungslosigkeit. Seine Tochter lag da, die Zeichen von Misshandlung lagen noch etwas auf ihrem Gesicht und Armen und ihre Augen waren nicht die, die so leuchten konnten, wie Kristalle.

Es dauerte nur wenige Sekunden, bis er sich wieder völlig unter Kontrolle hatte und sachlich fragen konnte.

»Weißt du, wer dir das angetan hat? Wie viele waren es? Konntest du jemanden erkennen?«

»Eugen, bitte.«

»Entschuldige.«

»Eugen, kommst du mal bitte«, bat ich ihn, mir zu folgen.

Wir gingen hinaus auf den Gang.

»Lass uns bitte zum Chefarzt gehen, der wird dir alles genau erklären.«

Eugen willigte ein und wir begaben uns zu Dr. Coleman.

»Entschuldigen Sie Doc, aber Sinas Eltern sind soeben angekommen und ihr Vater, Mr. Boron, würde gerne mit Ihnen über Sinas Gesundheitszustand sprechen.«

Dr. Coleman war so freundlich, begrüßte Eugen und unterrichtete ihn über die gesamten Untersuchungen. Ich setzte mich und war nur stiller Beobachter.

»Wie lange glauben Sie, wird Sina weiter im Hospital verweilen müssen? Wird sie mit Langzeitfolgen zu rechnen haben?«

»Seit drei Tagen redet sie sehr viel mit Frank. Das ist ein Riesensprung in die richtige Richtung. Wenn Frank weiter bei Sina bleiben kann, wovon ich auch ausgehe, wird sie in den nächsten Tagen wieder in die Normalität zurückkehren können. Aber, und jetzt kommt ein aber. Wir können nicht ausschließen, dass sie vielleicht und das hängt vom besagten Normalzustand ab, dass sie für eine kurze Zeit in eine psychiatrische Klinik eingewiesen werden muss.«

»Nein, das kommt überhaupt nicht in Frage. Wenn, dann werden wir einen Psychologen oder

Psychiater hinzuziehen. In eine Klapsmühle kommt sie auf keinen Fall.«

»Das können Sie natürlich frei entscheiden. Ich kann Ihnen nur mit Rat und Tat zur Seite stehen.«

»Dafür bedanke ich mich jetzt schon.«

»Keine Ursache, dafür sind wir da.«

Eugen und ich bedankten uns bei Nathan und gingen zurück zu Aileen und Sina.

»Ist Sina wirklich schwanger?«

»Ja, so sagte er es. Sie ist jetzt so in der elften Woche.«

»Weiß sie es?«

»Ich denke schon. Mir hat sie jedoch noch nichts gesagt. Vielleicht wollte sie ganz sicher sein. Einen Tester habe ich in unserer Wohnung nicht gesehen.«

»Hoffentlich wird sie und das Baby keine bleibenden Schäden davontragen.«

»Coleman verneinte dies. Es sei alles in Ordnung.«

»Gut, wollen wir es hoffen.«

»Was ich dir noch sagen wollte. Sina sprach vor ein paar Tagen im Schlaf und ich hörte, wie sie einige Namen sagte. Schwarzenegger, Nixon und Reagan. Ach ja einen Namen sagte sie öfter.

Nicholas. Nicholas sagte sie.

Wie kommt sie auf diesen Namen? Meinte sie ihren Cousin.

Belastet sie im Traum noch der Streit mit ihm auf unserer Verlobungsfeier?«

»Das sind doch Namen von Präsidenten und von Schwarzenegger einem Gouverneur aus Kalifornien. Das mit Nicholas kann natürlich noch ein Trauma sein. Es war auch ziemlich heftig und sehr emotional für uns alle.«

»Wie werden mehr erfahren, wenn sie bereit dazu ist.«

»Komm gehen wir wieder zu ihr.«

Aileen und Sina hielten sich ihre Hände und man konnte sehen, dass sie geweint hatten.

Wir saßen noch sehr lange bei Sina. Keiner erwähnte Sinas Entführung. Wir wollten warten, bis sie von selbst anfangen würde. Ich sah, dass sie oft Luft holte um etwas zu sagen, aber nicht den Mut aufbringen konnte, es auszusprechen. Eines Tages würde sie davon anfangen. Ich sah, dass es sie innerlich fast erdrückt.

»Frank, wo übernachtest du?«, fragte Aileen.

»Im Razhberg Motel.«

»Meinst du, da ist noch was frei?«

»Ich glaube schon. Wollt ihr hierbleiben und übernachten?«

»Ja. Was meinst du Eugen?«

Eugen nickte.

»Ich glaube, das wäre das Beste. Dann musst du nicht im Dunkeln fahren.«

»Gut, dann bleiben wir hier und kommen morgen dich wieder besuchen«, sagte Aileen freudig zu Sina.

Wir verabschiedeten uns von Sina und begaben uns zum Motel.

Zum Glück war es nicht ausgebucht.

Aileen und Eugen buchten ein Doppelzimmer.

Ich freute mich, dass Aileen und Eugen Sina besuchen konnten und auch hier übernachten.

So konnte Sina ihre vertraute Familie wieder um sich haben.

Wir verabredeten uns für den nächsten Tag.

Am frühen Morgen, so gegen acht Uhr, trafen wir uns im Frühstücksraum, welches das Motel extra für ihre Gäste eingerichtet hatte.

Für ein Motel war das Angebot sehr umfangreich. Es gab Bagels, Toast, Butter, Marmelade, Frischkäse, kleine Kuchenstücke und Muffins, Äpfel, Joghurt, verschiedene Cerealien und natürlich Kaffee und O-Saft.

Woran ich mich immer noch nicht gewöhnen konnte, war das Plastikgeschirr. Na ja, man kann nicht alles haben.

»Frank. Ich habe mir die ganze Nacht Gedanken über Sinas Aussage im Schlaf gemacht. Die Namen, die du gehört hattest, könnten doch Masken gewesen sein, die die Täter bei der Entführung übergezogen hatten. In meiner Dienstzeit fassten wir einmal Bankräuber, die Eishockeymasken aufhatten. Und jetzt erinnerte ich mich wieder, dass Bankräuber in Manhattan Masken von ehemaligen Präsidenten übergezogen hatten. Das waren Gummimasken.

Also welche aus Latex. Die sahen verdammt echt aus. Genau solche Masken könnten die doch auch aufgehabt haben oder nicht? Was meinst du?«

»Das könnte hinkommen, denn warum sollte Sina die Namen grundlos im Traum rufen. Es waren zwei Präsidentennamen, also Nixon und Reagan, und eben Schwarzenegger.

Was mich doch etwas stutzig macht, ist der Name Nicholas, den sie im gleichen Atemzug mit den anderen nannte. Was hat es damit auf sich. Welchen Schluss könnten wir daraus ziehen?«

»Das ist eine gute Frage.«

»Hat Nicholas etwas mit der Entführung zu tun? Ich frage mich, würde er das aus Eifersucht auch tun? Wurde deshalb auch keine Lösegeldforderung gestellt? Wenn ich öfter darüber nachdenke, umso mehr stößt mir das irgendwie sauer auf und ich werde den Gedanken nicht mehr los, dass er mit der Entführung sehr wohl etwas zu tun haben könnte.«

»Frank, du machst mir Angst. Mein Neffe ein Entführer, der meine Tochter vergewaltigt und mit Drogen vollgepumpt haben soll? Das kann ich fast nicht glauben, aber deine Theorie leuchtet mir trotzdem irgendwie ein. Aus Eifersucht wurden schon Morde geplant und ausgeführt. Ich denke, wir sollten dem nachgehen.«

Nachdenklich sah ich Eugen an.

Bei unseren Überlegungen hörte Aileen nur aufmerksam zu, ohne sich dabei einzubringen. Ihrem fragenden Blick konnte ich nicht ausweichen.

»Aileen, du schaust mich so fragend an. Hast du eine andere Idee oder Vermutung?«

»Nein Frank, eure Vermutungen machen mir richtig Angst. Ich möchte mir nicht vorstellen, dass Nicholas etwas mit Sinas Entführung zu tun haben könnte. Das ist so absurd, dass es schon wieder wahr sein könnte. Wir sollten uns so schnell wie möglich mit Nicholas in Verbindung setzen.«

»Und was sollen wir sagen?«, fragte ich.

Eugen überlegte.

»Wir sollten taktisch und klug vorgehen. Wenn er bei unserem Anruf Verdacht schöpft, dann kann der Schuss nach hinten losgehen. Nicholas wird alles abstreiten.«

»Stimmt. Er ist ein kluger Kopf und er wird ein hundert Prozent sicheres Alibi haben. Auf der anderen Seite kommen wir in Teufels Küche, wenn er mit der ganzen Sache nichts zu tun hatte. Wir müssen also ganz besonnen und klug vorgehen. Ich würde vorschlagen, dass Aileen ihn anrufen sollte. Sie könnte sagen, dass der Streit an der Verlobungsfeier ihr nicht mehr aus dem Kopf geht und sie versuchen möchte, die Familie wieder zu versöhnen. Auch, dass Eugen krank ist und im Hospital war. Was meint ihr?«

»Frank, das ist eine sehr gute Idee. Aber, wir sollten ihm auch von Sinas Entführung berichten. So bleiben wir bei der Wahrheit und wenn er wirklich etwas damit zu tun hat, dann werden wir hören, was er dazu sagen wird. Vielleicht verstrickt er sich in irgendwelche Widersprüche. Was meint ihr dazu?«

»Ich bin deiner Meinung. Lassen wir uns das so machen«, sagte Aileen und ich war damit einverstanden.

Wir setzten einen Schlachtplan auf.

Aileen nahm ihr Handy und wählte die Nummer.

Sie versuchte es mehrmals, aber es nahm niemand ab.

»Nichts. Er meldet sich nicht. Er hat sein Handy möglicherweise ausgeschaltet. Und jetzt?«

»Dann machen wir Folgendes. Wir gehen jetzt zu Sina. Vielleicht ist er in einer Konferenz oder kann aus irgendwelchen Gründen nicht annehmen. Im Laufe des Tages versuchst du es immer wieder. Irgendwann wird er es wieder einschalten. Wir müssen nur Geduld haben.«

Wir pflichteten Eugen bei und fuhren zu Sina.

Sina war wach und erwartete uns schon. Sie lächelte, als sie uns sah. Heute sah sie viel besser aus. Ihr Gesicht hatte wieder eine gesunde Farbe. Die blauen Flecken waren bis auf einige Schattierungen vollständig verschwunden.

»Wie geht es dir?«, fragte ich und küsste sie.

»Na ja.«

»Na ja, ist nur ein Wort. Sage es doch mal in einem Satz.«

»Es ist so, als ob du eine Zahnpastatube ausdrückst und den Inhalt nicht mehr zurückbringst.«

»So fühlst du dich? Wie eine Zahnpastatube?«

»Ja, wieso?«

»Toller Vergleich.«

Sinas Vergleich brachte uns, seit langer Zeit wieder, zum Lachen. Es war schön sie so zu sehen und erleben.

Eugen setzte sich auf die andere Seite des Bettes zu Sina.

»Schatz, ich muss dich etwas fragen.«

»Oh je, wenn du schon Schatz sagst, dann wird es ernst«, sagte Sina und nahm die Hand ihres Vaters.

Aileen und ich sahen Eugen fragend an.

»Eugen du willst doch jetzt nicht ...«, mehr konnte Aileen nicht anbringen, denn Eugen unterbrach sie.

»Doch Aileen. Wir müssen es tun. Wir müssen Klarheit haben.«

»Schatz«, sagte er wieder und drehte sich Sina zu.

»Schatz, wir müssen dich was fragen. Es ist wichtig. Hast du jemanden deiner Entführer erkannt? Kannst du dich an irgendwelche Gesten oder Körperhaltungen erinnern? Denke bitte genau nach.«

Sina sah zuerst ihren Vater, dann warf sie mir einen fragenden Blick zu.

Ich versuchte Eugens Frage etwas abzuschwächen und Sina Zeit zu geben, um auf diese schwierige Frage zu antworten.

»Sina, Liebling, wenn du nicht in der Lage bist auf Eugens Frage zu antworten, dann musst du es nicht tun. Du kannst auch später, wenn du dich stark genug dazu fühlst, darauf antworten.«

»Nein, ich versuche, darauf zu antworten. Seit ich wieder klar denken kann, gehen mir die ganzen Szenen durch den Kopf. Da sie mich, wie ich vom Doktor erfahren habe, mit Ketamin vollgepumpt haben, kann ich mich nur noch schemenhaft erinnern. Ich weiß, dass es drei Typen waren, die mich entführt hatten.«

»Hast du die Stimmen erkannt?«, unterbrach Eugen.

»Nein, ihre Stimmen klangen verzerrt. Doch, einmal kamen sie zu zweien in den Raum. Sonst immer zu dritt. Einer von ihnen, der größere und kräftigere, hatte vergessen, seinen Verzerrer einzuschalten. Seine Stimme war laut und tief. Das war das einzige Mal, dass ich eine unverzerrte Stimme hörte. Was mir noch auffiel, der kräftigere pfiff immer den Refrain aus dem Lied „You're Beautiful Lyrics" von James Blunt. Ich kann mich deshalb noch genau erinnern, weil ich das Lied auch so mochte.«

»Das ist doch schon mal was«, bemerkte Eugen und Sina sah mich wieder fragend an.

»Das hast du prima gemacht. Ist dir sonst noch etwas aufgefallen?«

»Ach ja, der kleinere der beiden Entführer hatte eine Ronald Reagan Maske auf und der kräftigere die Nixon Maske.«

Beim Namen Nixon, stutzte Sina und war sichtlich verwirrt.

»Was ist mit dir?«, fragte ich und nahm ihre Hand.

»Er war es. Ja, er war es. Ich bin mir ganz sicher.«
Sina nickte und sah dabei wie durch einen Tunnel.

»Wobei bist du dir ganz sicher. Was meinst du damit?«, bohrte ich nach.

»Er war derjenige, der zu mir kam und mich überall fesselte. Dann gab er mir eine Spritze. Ja, genau. Ich wehrte mich. Er schlug mich mit der Faust. Danach weiß ich nichts mehr«, schluchzte sie.

»Du weißt überhaupt nichts mehr? Auch nicht was danach geschah?«

»Was soll denn danach geschehen sein. Irgendwann bin ich wieder aufgewacht.«

»Moment, ich bin sofort wieder zurück.«

Ich stand auf und ging rasch aus dem Zimmer zu Dr. Colemans Büro.

Ohne anzuklopfen, trat ich in den Raum.

»Nathan entschuldigen Sie, aber es wichtig. Haben Sie Sinas Vergewaltigung angesprochen? Also, ihr direkt etwas gesagt?«

»Nein, ich wollte warten, bis sie wieder völlig klar ist.«

»Also nur mir.«

»Ja.«

»Danke Nathan.«

»Gerne.«

Ich lief wieder zurück in Sinas Zimmer. Sie hatte schon auf mich gewartet.

»Wo warst du Frank?«, fragte sie mich.

»Ich war bei Dr. Coleman. Ich hatte eine Frage an ihn.«

Sie schauten mich fragend an und erwartete eine Erklärung von mir.

»War es so wichtig, dass du das sofort klären musstest?«

»Liebling, es ist sehr wichtig, aber ich weiß nicht, ob ich dir das Ergebnis meiner Frage dir heute und jetzt erläutern kann und soll. Ich weiß nicht, ob du schon dafür bereit bist.«

»Was soll denn das jetzt heißen? Wenn es mit mir und meiner Entführung zu tun hat, dann habe ich das Recht, alles zu erfahren. Auch wenn es nicht einfach für mich ist.«

»Sina, Liebling. Einer von den Dreckschweinen hat dich vergewaltigt.«

»Ich habe es schon geahnt. Es kann nur dieser Nixon gewesen sein. Er schlug mich nieder. Nur er war mit mir alleine in diesem Raum. Als ich wieder aufwachte, saß Schwarzenegger alleine vor meinem Bett und sah mich schweigend an. Er flüsterte mir etwas sehr leise zu, dass ich ihn trotz seines ausge-schalteten Verzerrers kaum verstehen konnte. Ich denke, dass ich diese Stimme schon einmal gehört habe, aber kann mich nicht erinnern. Nach einer Weile verließ er wortlos den Raum. Die anderen beiden habe ich nie mehr wiedergesehen. Mein

Gott, dann hatte er mich vergewaltigt dieses Schwein«, flüsterte Sina weinend.

Lange saßen wir schweigend um Sinas Bett.

Aileen saß nun direkt neben ihr und hielt ihre Hände.

Sina brach das Schweigen und holte tief Luft.

»Ich muss euch auch etwas sagen. Eigentlich wollte ich es Frank zuerst sagen, aber da ihr alle hier seid, muss ich es loswerden. Ich bin schwanger.«

Die Frage, ob Sina es wusste, war nun hinfällig.

Es war ja auch eine blöde Annahme, dass eine Frau nicht wusste, ob sie schwanger ist.

Wir mussten nun so tun, als ob wir nichts davon gehört hatten.

»Ich werde Opa«, sagte Eugen voller Stolz.

»Und ich Oma.«

Sina sah mich an und streckte mir ihre Hand entgegen.

Ich ging zu ihr und küsste sie.

»Und du wirst Papa. Ich wollte es dir schon viel früher sagen. Ich hoffe, du freust dich darauf.«

»Was für eine Frage. Ich freue mich sehr darüber«, sagte ich ehrlich und glücklich.

»Ich muss noch mit dem Arzt darüber reden, ob alles in Ordnung ist.«

»Dr. Coleman sagte, dass alles in Ordnung ist«, platzte Eugen heraus.

Wir schauten Eugen entsetzt an. Wie konnte er das jetzt, in diesem Moment verraten.

»Ihr wusstet davon?«, fragte Sina enttäuscht.

»Ja, Dr. Coleman hatte es mir gleich nach deiner Untersuchung mitgeteilt. Mit dem Baby ist alles in Ordnung.«

»Das ist nicht nett von euch.«

»Ich wollte eigentlich, dass du es mir oder uns mitteilst. Aber jetzt hat es sich wohl mit deiner Überraschung, dank Eugen, erledigt«, sagte ich und war etwas enttäuscht.

»Es tut mir leid. Entschuldige mein Schatz. Es ist mir nur so rausgerutscht.«

»Ist schon in Ordnung Dad. Kann ja mal passieren«, sagte Sina und lachte.

Über Sinas Reaktion waren wir erleichtert und lachten mit ihr.

Ich war froh und überglücklich, dass Sina wieder fast völlig die Sinaida ist, die sie vor der Entführung war.

Der Aufenthalt im Hospital sollte schnell ein Ende haben, und sie endlich wieder nach Hause dürfen.

Ich werde noch heute mit Nathan darüber reden.

Gegen Mittag verabschiedeten sich Aileen und Eugen und fuhren nach Hause.

»Ich werde auch bald kommen«, rief Sina noch hinterher.

Endlich war ich mit ihr wieder alleine. Nichts gegen meine Schwiegereltern, aber ich war jetzt doch lieber mit der zukünftigen Mutter unseres Kindes alleine.

»Freust du dich auf unser Baby?«

»Sehr Liebling, sehr. Ich kann es noch gar nicht fassen. Warum hast du es mir nicht schon früher gesagt?«

»Ich hatte in den letzten Monaten immer wieder Störungen im Menstruationszyklus. Deshalb dachte ich, dass es sich etwas verschoben hatte. Dann brachte ein Test endlich die Gewissheit, ich bin schwanger. Dann war die Verlegung des Büros und dann … du weißt schon.«

»Ist doch auch nicht so wichtig, wann du es mir gesagt hättest. Wir sind schwanger und das wissen wir jetzt. Nun müssen wir versuchen Dr. Coleman umzustimmen, sodass du schnell wieder nach Hause darfst. Wir werden noch heute mit ihm darüber reden.«

»Das wäre toll. Endlich wieder in den eigenen vier Wänden. Wissen unsere Freunde eigentlich von dem alles?«

»Alle waren dabei und haben mitgeholfen. Jeff, Luther und Sahra. Rob konnte leider nicht, da er auf einer Konzerttournee ist. Das NYPD und das FBI waren Tag und Nacht im Haus. Sie waren alle nett und hilfsbereit. Sie haben mir versprochen, die Täter zu finden. Ich hoffe es sehr, die Typen eingesperrt zu sehen, die dir das angetan haben.«

Nach der Freude war wieder die Traurigkeit über uns gekommen.

Wir hielten uns fest und ich drückte Sina ganz fest an mich.

»Wann heiraten wir?«, fragte Sina und unterbrach unser Schweigen und unsere Umarmung.

»Sobald du wieder fit bist. Das entscheidest ganz alleine du. Ich heirate dich zu jeder Zeit.«

»Das ist lieb von dir. Dann also Morgen«, lachte sie.

Es tat so gut, meine Sina wieder so fröhlich, und voller Tatendrang zu sehen.

Ich hoffte nur, dass sie mir ihre Fröhlichkeit nicht vorspielte. Ich wünschte mir, dass sie das schreckliche Erlebnis so schnell wie möglich verdrängen kann. Vergessen würde sie das nie. Ich könnte es vermutlich auch nicht.

Inmitten meiner Gedanken legte Sina ihre beiden Hände auf meine Wangen und sah mich ernst an.

»Es ist nur ein Flügelschlag eines Schmetterlings vom Leben zum Tod.«

Ich sah Sina verdutzt an und begriff aber, woran sie dachte. Sie hatte recht. Der Tod ist nur ein Flügelschlag vom Leben entfernt.

»Nur ein Flügelschlag«, wiederholte ich leise.

Am Nachmittag kam Dr. Coleman und eine Schwester herein. Er untersuchte Sina und war sehr zufrieden.

»Wir haben die gestrige Blutprobe ausgewertet. Es ist alles in Ordnung. Wie fühlen Sie sich?«

Ich sah gespannt zu Sina.

»Wunderbar. Wie sind die Werte unseres Babys?«

Dr. Coleman sah mich verwundert an.

»Sie haben es ihr gesagt?«

»Nein, sie hat es uns gesagt.«

»Ach so. Es freut mich für Sie Sina. Es ist alles perfekt. Sie brauchen sich keine Sorgen zu machen.«

Sina und ich sahen uns an und lächelten.

»Dann kann ich ja morgen wieder nach Hause.«

Nathan sah Sina nachdenklich an.

»Wenn Sie sagen, dass alles in Ordnung ist, dann kann ich auch gehen oder? Ich muss nach Hause. Ich kann nicht länger bleiben.«

Er sah die Oberschwester an, dann auf Sina und dann auf mich.

»Gut. Ich denke, dass ich das verantworten kann. Frank, kann ich sie in ein paar Minuten in meinem Büro sprechen?«

Dr. Coleman veranlasste die Oberschwester, die Papiere fertigzustellen und verabschiedete sich von Sina. Ich ging mit ihm in sein Büro.

»Frank. Sina hat sich sehr gut gemacht. Ich sehe keine psychischen Probleme. Sie hat, vermutlich auch durch die Verabreichung des Ketamins, vieles nicht so richtig mitbekommen und realisiert. Ich bitte Sie nur, sobald die kleinsten Probleme aufkommen sollten, dann begeben Sie sich zu einem Psychiater oder rufen mich an. Versprechen Sie mir das?«

»Ja natürlich. Ich werde auf sie aufpassen. Sie ist eine starke Frau. Sie wird damit fertig, dessen bin ich mir ganz sicher.«

«Gut, dann bis morgen.«

Ich verließ Nathans Büro und ging wieder zurück zu Sina.

Sie saß auf dem Bett und lächelte.

Würde sie mit dem Geschehenen fertig? Kann sie das verarbeiten?

Ich werde versuchen sie zu unterstützen, wenn sie es zulassen wird.

19

Gegen neun verabschiedeten wir uns von Dr. Nathan Coleman und den Schwestern.

»Ich wünsche Ihnen alles Gute. Passen Sie gut auf sich auf.«

Das waren die letzten Worte des Chefarztes und wir fuhren endlich wieder nach Hause.

Sichtlich erleichtert nach den Ereignissen der letzten Tage, saß Sina neben mir und lächelte.

Wie habe ich dieses Lächeln vermisst. Ich dachte schon, ich würde es nie mehr sehen.

Sie summte leise die Hits der Single Charts mit und sah sich die vorüberfahrenden Autos an, deren Insassen sie amüsierte. Sie lachte und deutete auf das eine oder andere Auto. Winkte den Kindern zu oder machte Grimassen.

Ich war überglücklich. Einfach nur glücklich, sie so zu sehen.

So ging die Zeit schnell vorüber und wir standen vor der Haustür.

»Wir sind da«, sagte ich und schaltete den Motor ab.

»Das ging aber schnell.«

»Ja.«

Ich wollte schon aussteigen, als sie mich zurückhielt.

»Warte. Bitte.«

Sina holte tief Luft. Sah auf das Haus. Danach öffnete sie die Tür und wir stiegen aus.

Das Empfangskomitee mit Aileen, Sahra, Luther und Jeff wartete schon vor dem Haus.

Sina lief strahlend auf sie zu und freute sich lauthals.

Ein selten gehörtes langes Heulen übertraf Sinas Freude.

Prince hatte uns gehört und kam schwanzwedelnd mit seinem Urgeheul auf Sina zu gesprintet. Nur ein gekonnter Sprung zur Seite rettete sie vor dem Aufprall und einem Sturz auf den harten Boden.

Jetzt war erst einmal die Begrüßung der Menschen zweitrangig. Prince forderte seine Knuddeleinheiten, die mit seinen typischen grunzenden Tönen begleitet waren.

»So, nun kommt ihr dran.«

Alle lachten und Sina umarmte einen nach dem anderen herzlich.

»Wo ist Dad?«

»Er sagte, dass er mal kurz weg ist. Käme aber gleich wieder«, antwortete Aileen.

Wir gingen in das Haus. Aileen hatte zur Begrüßung Kaffee und Gebäck bereitgestellt.

»Du siehst gut aus. Es geht dir wieder gut«, stellte Jeff fest.

»Ich glaube schon. Doch, es geht mir wieder gut.«

»Wir freuen uns sehr, dass du wieder bei uns bist. Wir haben dich sehr vermisst«, sagte Sahra sehr gerührt.

Ich sah, dass es auch Sina sehr berührte, und versuchte deshalb das Gespräch, auf ein anderes Thema zu lenken.

»Wo ist denn Mr. Smith?«

»Ich glaube der alte Faulenzer ist in eurem Zimmer«, sagte Aileen und lachte.

Wir setzten uns in das Esszimmer und genossen den Kaffee und das Gebäck.

So heftig auch die Wiedersehensfreude gewesen war, jetzt herrschte Stille. Als ob alle nachdenken würden und noch Zeit brauchten, um das Ergebnis allen mitzuteilen.

»Dein Auto haben sie auch wiedergebracht. Vielleicht hast du es gesehen«, unterbrach Aileen die Stille.

»Ja, habe ich gesehen. Danke.«

»Die Schlüssel hängen wie immer am Brett.«

»Danke Mom.«

Sina sah man an, dass sie nach den richtigen Worten suchte. Verlegen wechselte ihr Blick zwischen mir und den anderen. Dann nahm sie allen Mut zusammen.

»Ich möchte mich bei euch für eure Freundschaft bedanken. Ihr habt keine Ruhe gelassen, nach mir zu suchen. Vor allem bedanke ich mich bei Frank.

Er saß fast Tag und Nacht bei mir und betütelte mich. Las mir vor oder erzählte mir von uns. Es hat mir sehr geholfen. Das Schlimmste für mich waren, die Ohnmacht und der Kontrollverlust während meiner Gefangenschaft. Als ich dann im Hospital war, glich mein Körper einer Ruine, aber ich lebte noch.

In den Augenblicken, in denen ich klar denken konnte, kramte ich in meinem Kopf und versuchte Klarheit zu finden, aber ich fand sie nicht.

Das Kidnapping war für mich nicht nachvollziehbar. Warum gerade ich. Ich bin nicht reich, habe kein Unternehmen, nichts.

Was mich sehr beschäftigt ist die Frage, warum haben sie mich einfach gehen lassen. Ohne Forderungen, einfach so. Habt ihr dafür eine Antwort?«

Ich sah in die Runde ratloser Gesichter.

»Genau das macht mich auch so stutzig. Sie quälten Sina ... entschuldige mein Schatz ... sie hielten sie so lange fest und dann keine Lösegeldforderungen oder was weiß ich was. Das finde ich schon sehr eigenartig.«

»Wie du mir am Telefon mitgeteilt hattest, hatte doch der vermeintliche Boss der Entführer, Sina freigelassen. Ist doch richtig oder?«, fragte Jeff.

»Ja, er hatte die Schwarzenegger Maske auf. Er hatte mich mit dem Auto weggefahren. Die anderen beiden habe ich an diesem Tag nicht mehr gesehen.«

Jeff überlegte und sah mich sehr ernst an.

»Ist dir bei den Typen irgendetwas aufgefallen? Stimme, Körperhaltung oder sonst was«, bohrte Jeff weiter.

»Jeff bitte«, ermahnte ich ihn.

»Liebling lass nur. Ist schon in Ordnung. Wie ich Frank schon sagte, pfiff einer von ihnen immer das gleiche Lied. Bei Schwarzenegger glaubte ich, seine Körperhaltung schon einmal gesehen zu haben.«

»Und welche?«

»Er stand immer breitbeinig und mit hinter dem Körper verschränkten Armen vor dem Bett. Er stand wie ein militärischer Ausbilder vor seinen Untergebenen. Sehr ungewöhnlich.«

»Das ist wirklich sehr ungewöhnlich und doch habe ich das schon einmal gesehen, aber wo? In den Filmen ja, aber auch real. Ich werde noch draufkommen«, sinnierte Jeff.

»Wir könnten uns doch auch mal Gedanken machen, wo sie Sina festgehalten hatten. Du wurdest in Staten-Island gefunden. Hast du ungefähr im Gefühl, wie lange die Fahrt gedauert hatte?«, fragte Sahra.

»Nein, er hatte mir noch vorher wieder eine Spritze gegeben. Wie sich herausstellte, war es Ketamin.«

»Ach so, das ist natürlich schade.«

»Mir ist es erst einmal egal. Für mich ist wichtig, dass Sina wieder relativ gesund bei uns ist.«

Alle stimmten mir zu und Sina sah mich liebevoll an.

»Wann kommt denn endlich Dad?«

»Ich rufe ihn an.«

Aileen wählte Eugens Nummer, bekam aber keine Verbindung.

»Er meldet sich nicht. Vermutlich hat er sein Handy ausgeschaltet.«

»Wo wollte er überhaupt hin?«, fragte Sina wieder.

»Schatz ich weiß es nicht.«

Aileen stand auf und verließ das Zimmer.

Wir diskutierten, wohin Eugen gefahren sein könnte und warum er nicht zu erreichen war.

Völlig aufgelöst kam Aileen zurück.

»Er hat seine Waffe mitgenommen. Mein Gott, was hat er vor und was will er mit der Waffe?«

»Es war Nicholas«, sagte Jeff wie aus der Pistole geschossen.

»Was meinst du?«, fragte ich.

»An der Verlobungsfeier stand Nicholas genauso in der besagten Position. Als er sich vor Eugen und vor mir so aufbaute. So wie es Sina beschrieben hat. Das hat jetzt natürlich nichts mit der Entführung zu tun, aber diese Körperhaltung. Das meinte ich.«

Sina sah Jeff erschrocken an und schnellte aus ihrem Stuhl hoch.

«Ja natürlich. Als er einmal alleine vor mir saß, hörte ich für kurze Zeit seine unverstellte Stimme. Er hatte vergessen sein Gerät einzuschalten. Irgendwie kam sie mir vertraut vor, aber ich war mir nicht sicher. Es war ja der Entführer, der zu mir sprach und kein Vertrauter. Jetzt, wo Jeff die Körperhaltung ansprach, bin ich mir fast sicher, dass einer der Entführer Nicholas sein muss. Ich kann es kaum glauben.«

Sina ging nervös im Zimmer auf und ab. Ihr Gesicht war blass.

»Bevor wir uns nicht ganz sicher sind, müssen wir erst einmal logisch vorgehen. Sina hörte seine Stimme, sah die Körperhaltung, es gab keine Lösegeldforderung. Was noch?«, fragte Jeff.

»Eugen ist nicht hier und hat seine Waffe mitgenommen. Wo kann er sein? Er kann nur zu unserem Ferienblockhaus in New Hampshire gefahren sein«, überlegte Aileen.

«Ihr habt ein Haus in New Hampshire?«, fragte Jeff.

»Ja, am Lake Warren. Wir hatten das Ferienhaus gemeinsam mit Eugens Bruder Wasja gekauft. Nun gehört es auch Nicholas. Vielleicht ist er dort und ich fürchte, dass Eugen zu ihm unterwegs ist. Das ist nicht gut.«

»Wir müssen da schleunigst hin«, sagte Luther, der sich bisher aus der ganzen Diskussion herausgehalten hatte.

»Das sind gute fünf Stunden Fahrt. Eugen hat einige Stunden Vorsprung«, räumte Aileen ein.

»Leute, seid ihr euch da wirklich ganz sicher?«, fragte ich ziemlich unsicher und nervös und sah fragend zu den Freunden.

»Ich glaube schon und wie ich Eugen kenne, ist er unterwegs zu dem Ferienhaus, wenn er sich nur in kleinen Punkten sicher ist. Er ist, wie wir, der Überzeugung, dass sich Nicholas dort aufhält. Es gibt einige Indizien, die Rückschlüsse auf die Entführung zulassen. Eugen ist ein erfahrener Kriminalist und kann eins und eins zusammenzählen. Ich weiß nicht was passiert, wenn er Nicholas dort antrifft und ihn zur Rechenschaft zieht. Beide haben Waffen und ich möchte mir nicht ausmalen, was passieren kann. Dann sollten wir sofort aufbrechen, um Schlimmeres zu verhüten«, plädierte Luther.

»Luther hat vollkommen recht. Wir sollten uns beeilen. Ich möchte nicht, dass Dad was passiert. Außerdem ist er noch nicht hundertprozentig gesund.«

»Und wer fährt alles mit?«, fragte ich in die Runde.

»Luther, Sahra und ich fahren.«

»Nein Jeff, ich werde auf jeden Fall mitkommen.«

Sina stand erregt auf und protestierte.

»Ohne mich geht gar nichts. Ich bin die Geschädigte, also fahre ich logischerweise mit. Mom bleibt hier und unterrichtet uns, ob Dad in der Zwischenzeit doch heimgekommen ist.«

Jeff schüttelte verständnislos mit dem Kopf.

»Gut, also fahren wir alle zusammen. Aber ich sage euch gleich. Wenn es brenzlig werden sollte, dann bleiben Sina, Frank und Luther in Deckung.

Sahra und ich besitzen Waffen und nur wir beide werden nach vorne gehen. Ich dulde keine Alleingänge. Sahra oder ich geben die Anweisungen. Habt ihr das verstanden?«

Alle waren damit einverstanden.

»Wir fahren mit meinem Wagen, da haben wir alle genügend Platz. Außerdem habe ich dort einiges an Equipment und Waffen. Ich würde vorschlagen, dass wir uns dann fertigmachen«, sagte Jeff und ging dann zu Aileen, um die genaue Adresse des Ferienhauses aufzuschreiben, um diese dann wiederum in das Navi in seinem Wagen einzugeben.

»Sina weiß den Weg genau«, bemerkte sie.

Alle anderen machten sich fertig zur Abfahrt.

Sahra telefonierte mit Sergeant Matt Brookstone und unterrichtete ihn von unserem Vorhaben.

Aileen hatte in der Zwischenzeit Getränke und Sandwiches in einen Behälter gepackt.

»Passt auf euch auf. Geht bitte kein Risiko ein. Bringt mir meinen Eugen wieder heim.«

»Ich habe mit Matt gesprochen, er gibt der örtlichen Polizei Bescheid.«

Wir verabschiedeten uns von Aileen, stiegen in Jeffs Cadillac Escalade ESV und fuhren los.

»Es ist jetzt kurz vor zwölf. Ich denke, wenn alles gut geht, müssten wir gegen fünf dort sein. Bevor wir dort etwas unternehmen, gehen wir unsere Vorgehensweise durch.«

Jetzt lagen fünf lange Stunden vor uns.

Wie Jeff vorausgesagt hatte, kamen wir gegen fünf über die Forest Road in der der Pine Cliff Road an.

Wir stellten das Auto ein gutes Stück vom Haus entfernt, am Waldrand in der Pentice Hill Road ab.

»Am besten wir lassen den Wagen hier stehen und gehen das Stück zum Haus am See zu Fuß, so können wir die Lage besser überblicken«, sagte Jeff und kramte in einer seiner Taschen.

»Ich gehe erst mal mit Sina und wir checken mal die Lage. Ihr bleibt hier, bis wir wieder zurück sind. Dann überlegen wir uns wie wir weiter vorgehen.«

Luther und ich stiegen aus dem Wagen und Sahra blieb bei offenen Türen sitzen.

»Das Haus ist in dieser Richtung«, sagte Sina und deutet in südöstlicher Richtung.

Langsam gingen Jeff und Sina quer durch den Wald und bewegten sich in Richtung Haus zu.

Jeff hob seine rechte Hand und deutete Sina zum Halt an.

»Ist das das Haus?«, flüsterte Jeff.

Sina nickte nur.

»Dort steht Dads Auto.«

»Siehst du noch ein Auto?«, fragte Jeff leise und sah sich weiter um.

»Es steht bestimmt in der Garage.«

»Bleib bitte hier. Ich schaue mich noch etwas näher um. Komme gleich wieder.«

Sina nickte und Jeff war im Dickicht verschwunden.

Nach einiger Zeit kam Jeff, ohne das es Sina bemerkt hatte, zurück.

»Ich war ganz nah am Haus. Erregte Stimmen von zwei Männern war zu hören. Ich glaube, wir sollten uns beeilen, bevor was passiert.«

Sina war einverstanden und beide gingen schnellen Schrittes zurück.

Dort angekommen berichtete Jeff, was sie gesehen hatten.

»Wir gehen zum Haus und beobachten was passiert. Also erst einmal in Ruhe beobachten, dann reagieren.«

Wir machten uns gemeinsam auf den Weg zum Haus, um es zu beobachten.

Als wir angekommen waren, hörten wir zwei Männer laut reden. Jeff zeigte uns an, dass wir sehr leise sein sollten.

»Ich gehe alleine zum Haus und beobachte nochmals die Lage. Vielleicht kann ich herausfinden, wie wir schnell und risikolos eindringen können«, erklärte Jeff und ging.

Sahra wollte noch etwas sagen, aber erfolglos, er war schon verschwunden.

Nach langer Wartezeit kam Jeff endlich von seiner Erkundung zurück.

»Ich konnte mich bis an das Haus heranpirschen. Eugen sitzt an einem Tisch und Nicholas steht an einem Fenster. Ich glaube, es ist das Wohnzimmer. Eugen redet heftig auf ihn ein, aber Nicholas zeigt keine Regung.

Die Eingangstür habe ich auch überprüft. Sie ist nicht abgeschlossen. Wir könnten dort hineingelangen.«

»Wann wollen wir reingehen?«, fragte Luther und sah Jeff erwartungsvoll an.

»Ich denke, nur Sahra und ich sollten alleine zum Haus gehen und bei der besten Gelegenheit eingreifen. Ihr kommt erst hinzu, wenn wir es euch sagen.«

Wir waren damit einverstanden. Jeff und Sahra gingen voran und wir in einem Abstand hinterher.

Ich war sehr aufgeregt und zitterte am ganzen Körper. Sina und ich nahmen uns an der Hand und gingen hinter Luther.

Als wir an das Haus angekommen waren, hörten wir, dass Eugen und Nicholas sich heftig stritten.

»Ich glaube, jetzt wird es ernst. Wir gehen rein«, flüsterte Jeff und winkte Sahra zu sich. Beide gingen zur Eingangstür und öffneten sie langsam und leise.

Natürlich hatten wir uns nicht an Jeffs Anweisungen gehalten, sondern waren direkt einen Schritt hinter den beiden.

Die beiden im Haus hatten uns überhaupt nicht registriert. Eugen schimpfte auf Nicholas ein.

»Ich werde dich den Cops übergeben. Ich werde dafür sorgen, dass du lange Jahre in den Knast kommst. So einfach kommst du mir nicht davon. Gar nicht auszudenken, was dein Vater dazu sagen würde. Ich glaube, er würde dich totschlagen. Am liebsten würde ich es auch tun, aber meine Gesundheit erlaubt es mir nicht.«

»Erschieß mich doch. Das geht viel schneller und du brauchst dich nicht so anzustrengen. Und lass meinen Vater aus dem Spiel. Deinen geliebten Bruder. Was hat er denn gemacht he? Er hat gleich mehrere umgebracht. Meinst du, ich wüsste das nicht? Wie heißt es so schön, „Der Apfel fällt nicht weit vom Stamm".«

»Rede nicht so einen Unsinn. Die Dreckskerle hatten deinem Vater etwas angetan. Hat Sina dir etwas angetan? Natürlich nicht. Das ist der Unterschied. Also vergleiche dich nicht mit deinem Vater.

Du bist ein Schwein, so etwas mit meiner Tochter zu tun. Jetzt habe ich keine Lust mehr mit dir zu diskutieren. Ich werde dich jetzt den Cops übergeben.«

Eugen griff in seine Jackentasche und in diesem Moment knallten zwei Schüsse. Nicholas stand am Fenster und hielt seine Waffe in der Hand.

Dann gab es einen Höllenlärm. Jeff und Sahra schossen auf Nicholas, der getroffen zu Boden fiel.

Sina und ich zwängten uns durch die Tür und liefen zu Eugen. Er lag mit dem Rücken auf dem Boden und atmete schwer.

»Ruf einen Arzt«, rief Sina mir zu und suchte nach Eugens Verletzung.

Jeff und Sahra sahen nach Nicholas, der regungslos dalag.

»Er ist tot«, stellte Jeff fest, nach dem Griff auf dessen Halsschlagader.

Wir sahen, dass Eugen am Brustkorb verletzt war und Blut aus zwei Öffnungen herauslief. Sina versuchte mit einem Kissen, die Blutungen zu stoppen.

»Drück bitte hier ganz fest drauf und nicht loslassen. Ich hole das Erste Hilfe Paket«, sagte sie und lief davon.

»Er hat etwas in der Hand. Zwei Bilder«, stellte Luther fest und nahm sie an sich.

»Er hat gar keine Waffe. Ihr habt doch gesagt, dass er seine mitgenommen hatte«, sagte Jeff und wunderte sich.

Ich nahm die Fotos aus Luthers Hand und sah sie mir genauer an und erkannte die Abgebildeten.

»Es sind Bilder von Wasja und Eugen.«

»Wer?«, fragte Sahra.

»Wasja. Eugens Bruder und Nicholas Vater. Das eine Foto ist Eugen bei der Ankunft in New York. Eugens Tante hatte damals die Aufnahme gemacht. Auf der anderen Aufnahme sind beide abgebildet.

Sina hatte den Koffer geöffnet und verband Eugens Wunden, so gut sie konnte. Luther und ich halfen ihr dabei.

In der Zwischenzeit war auch die örtliche Polizei eingetroffen und ließen sich von Sahra und Jeff berichten, wie es zu dem Schusswechsel gekommen war.

»Er atmet nicht mehr«, stellte Luther fest und begann sofort mit den Wiederbelebungsmaßnahmen.

Sina saß neben ihrem sterbenden Vater am Boden und war am Verzweifeln. Ich versuchte sie zu trösten.

Jeff kam hinzu und half Luther bei den Rettungs-
maßnahmen.

»Wo bleibt der Rettungsdienst?«, schrie Luther
aufgeregt.

»Es gibt hier in der Nähe kein Hospital. Es wird
Zeit brauchen, bis jemand hier eintreffen wird. Die
nächsten werden wohl von der Rockingham Medical Group kommen.

Einige Minuten später trafen sie auch ein.

Es war zu spät.

Eugen erlag seinen Verletzungen. Alle Mühen
und Anstrengungen konnten ihn nicht mehr retten.
Erschöpft und traurig saßen Luther und Jeff neben
Eugens Leiche. Die Sanitäter konnten nur noch den
Tod feststellen.

Sina lief aus dem Haus und weinte.

Ich ging ihr nicht nach, denn alle Versuche sie zu
trösten würde zum jetzigen Zeitpunkt fehlschlagen.
Ich ließ sie alleine mit ihrer Trauer. Es tat mir sehr
leid.

Es war ein Schock für uns alle und wir konnten
nicht glauben, was soeben geschehen war.

Für mich starb ein Freund, ein Mensch, den ich
sehr achtete und liebte. Ein Mensch, der mir sein In-
neres nach außen gekehrt hatte und mir seine ge-
heimsten Erlebnisse anvertraut hatte. Einen Menschen, den ich nie vergessen werde.

Eugens Beerdigung fand in sehr kleinem Rahmen statt. Er hatte es sich so gewünscht.

Die nächsten Wochen waren bestimmt von Trauer und Verzweiflung.

Aileen sprach kein einziges Wort. Die meiste Zeit verbarg sie sich in ihrem Zimmer.

Die Mahlzeiten nahm sie, wenn überhaupt, kurz in der Küche ein. Sina versuchte sie wieder aufzumuntern, aber es war vergebens.

Wir wussten nicht, wie es weitergehen sollte. Den Termin für unsere Hochzeit wollten wir, bevor unser Baby kam, auch noch planen. Wie sollte unsere Zukunft aussehen. Wie sollte es weitergehen.

Wir waren froh, dass wir unsere Freunde hatten. Die immer und zu jeder Zeit uns zur Seite standen.

Ohne sie, hätten wir das alles nie durchstehen können.

Sie halfen uns auch, den Termin für unsere Hochzeit festzusetzen.

20

Der Tag unseres geplanten Hochzeittermins kam immer näher.

Luther half uns dabei die Marriage License über das City Clerk Online Portal zu beantragen.

Am nächsten Morgen fuhren wir mit unseren Freunden nach Brooklyn auf das Amt.

Die Hochzeit selbst war ziemlich unromantisch. Sina trug ein schwarzes Kleid und ich einen schwarzen Anzug. Die verwunderten Blicke der übrigen Anwesenden waren uns egal.

Wir gingen in die Chapel zum Friedensrichter, der die Zeremonie durchführte. Trauzeugen waren natürlich unsere Freunde.

Die Hochzeit selbst beschränkte sich auf die wenigen Worte wie „Gibt es jemanden, der etwas gegen die Eheschließung hat?". Natürlich hatte keiner etwas dagegen und so fuhr er fort mit „Willst du Sinaida Boron den hier anwesenden Frank Newman ehelichen, so antworte mit Ich will". Dann wurde ich gefragt, wir tauschten die Ringe und durften uns küssen. Es folgten noch ein paar Worte.

Das wars.

Sina und ich waren trotzdem glücklich.

Es war eine einfache und schnelle Trauung.

Es war gut so.

Luther machte Fotos von Anfang bis zum Ende der Zeremonie.

Aileen war sichtlich gerührt und glücklich.

»Wenn es Eugen noch hätte miterleben dürfen. Er hätte sich sehr gefreut.«

Damit die Heirat auch in Deutschland anerkannt werden würde, mussten wir weiter zur Apostille und wieder einen Antrag ausfüllen. Bezahlen, dann zum Notar um die Unterschrift beglaubigen zu lassen und um später noch die Bestätigung der Bestätigung im Departement of State abzuholen.

Endlich hielten wir alle Papiere in der Hand.

Sina und ich hätten das ohne Jeff und Luther nie hinbekommen. Wir hatten keine Ahnung, was alles auf uns zukommen würde.

»Mrs. Newman, darf ich Sie küssen?«, fragte Luther grinsend.

Jeff und Sahra schlossen sich an und Aileen drückte ihre Tochter auf das Herzlichste.

Unseren Hochzeitstag am 14. September 2007 werde ich nie in meinem Leben vergessen.

Eigentlich wollten Sina und ich eine große Hochzeit mit allem Drum und Dran. Heute, nach Eugens Tod, stand uns der Sinn nicht mehr danach. Wir wollten nur noch nach Hause und dort im engsten

Kreis ein wenig feiern. Am Tag zuvor beauftragte ich einen Catering Service, der im Garten alles herrichten sollte.

Zu Hause waren die Helfer fleißig dabei die Tische und Stühle zusammenzustellen.

Das Nachbarehepaar Fulton, beaufsichtigte dabei alles sehr genau. Sie waren auch diejenigen, die unsere Vierbeiner während unserer Abwesenheit immer betreuten.

Die Feier war den Umständen entsprechend bedrückt. Eugen war überall dabei.

Sina und ich waren froh, als alles vorbei war. Unsere Freunde und die Nachbarn verabschiedeten sich und wir bedankten uns bei allen für die tolle Unterstützung.

Wir lagen noch lange Arm in Arm in unserem Bett und unterhielten uns.

»Eines Tages werden wir unsere Hochzeitsfeier nachholen. Das verspreche ich dir«, sagte ich und drückte Sina fest an mich.

»Ich bin auch so glücklich. Mir ist eine Feier nicht so wichtig. Hauptsache wir sind verheiratet.«

»Ich werde dich mein ganzes Leben lang lieben und beschützen.«

Bei dem Wort Beschützen sah mich Sina etwas verwundert an.

Wie oft dachte ich nach Sinas Entführung nach Rache.

Aber, wie sollte sie aussehen. Ich wusste ja nicht, wie ich es anstellen sollte. Wie sollte ich meine Rache vollziehen. Ich besitze keine Waffe und auch keine Ahnung, wie ich sie bedienen könnte. So blieb mir nur meine emotionale Rache. Das war sehr unbefriedigend. Deshalb bat ich Jeff, mir beizubringen, wie ich mich verteidigen kann und den Umgang mit Waffen.

»Ja, beschützen. Ich sagte dir, dass ich ins Fitnessstudio gehe richtig? Die Wahrheit ist, ich bin zu Jeff gegangen. Es war höchste Zeit etwas gegen meine Unsicherheit zu tun. Er gibt mir Unterricht in Selbstverteidigung und im Gebrauch von Schusswaffen. Es macht mir viel Spaß und ich bin viel selbstsicherer geworden.«

»Das hast du aber sehr gut verheimlicht.«

»Ich habe auch vor dabei zu bleiben.«

»Wenn es dir Spaß macht, warum nicht.«

»Ja sehr. Es gibt mir Selbstvertrauen, Selbstwert und natürlich Kondition.«

»Das ist sehr nett von Jeff.«

»Ich bin ihm auch dafür sehr dankbar. Aber was Anderes. Wie geht es unserem Baby?«

»Es geht ihm gut. Heute ist Strampeltag. Es tritt mich in allen Seiten.«

»Es freut sich, dass wir endlich geheiratet haben.«

»So wird es wohl sein.«

Sina lächelte und strich sich über ihren Bauch.

»Wann musst du wieder zur Untersuchung?«

»Ich glaube in drei Wochen wieder, aber ich muss in den Kalender schauen.«

»Wie soll unser Baby eigentlich heißen? Welchen Namen hättest du gerne?«, fragte ich.

»Hast du schon einen im Kopf?«

»Ich habe dich zuerst gefragt. Also raus damit.«

»Es gibt so viele Namen. Ich bin mir nicht sicher. Vielleicht Natalie oder Anna.«

»Wie wärs denn mit Andrea oder Mia.«

»Andrea ist hübsch. Der gefällt mir.«

»Mir gefällt er auch sehr. Wollen wir sie so nennen? Oder willst du einen Zweitnamen dazu? Vielleicht Aileen?«

»Ich weiß nicht Frank. Ich habe auch keinen Zweitnamen.«

»Wenn es ein Junge geben würde, dann hätte ich mir vorstellen können, als Zweitnamen Eugen zu nehmen. Überlege es dir. Aileen würde sich sehr freuen.«

»Wir überlegen es uns. Einverstanden?«

»Einverstanden.«

Mit diesen Überlegungen schliefen wir ein.

Sina und ich gingen die nächsten Wochen unserer Arbeit nach. Aileen aß immer noch nicht richtig und wollte auch nicht in das gemeinsame Miteinander einbezogen werden. Sie schottete sich mehr und mehr von uns ab.

Sina war sehr traurig und versuchte ihre Mutter, mit immer neuen Ideen ins Leben zurückzuholen. Es half nichts. Sie wurde immer schmaler. Die Ärzte, die Sina zurate zog, hatten gegen Aileen keine Chance.

Der eindeutige Tenor der Ärzte, „Sie will nicht mehr".

Sie sollten recht behalten. Am 14. November 2007 starb Aileen, ohne ihr Enkelkind gesehen oder je im Arm gehalten zu haben.

Aileens Begräbnis fand, wie Eugens, im kleinen Kreis statt.

Am Christmas Day des Jahres 2007 kam Andrea Aileen Newman zur Welt. Sie hatte wie Sina, ganz schwarze Haare. Sie war wunderschön. Ich durfte bei der Geburt dabei sein. Sina wollte unbedingt eine natürliche Geburt. Einen Kaiserschnitt lehnte sie ab.

Es war sehr schön, dabei gewesen zu sein. Ich bewundere jede Frau, die solche Schmerzen der Geburt aushalten kann. Ich könnte es nicht.

Drei Tage nach der Geburt konnte ich meine kleine Familie aus dem Hospital abholen.

Zum Glück genehmigte mir mein Boss zwei Wochen Urlaub. So konnte ich Sina nachts beim Versorgen unseres Babys unterstützen. Sina stillte, ich wickelte. Nach drei Tagen waren wir beide sehr müde, aber es machte uns nichts aus. Jede freie Minute versuchten wir, etwas zu schlafen. Wir wussten, eines Tages wird die Kleine durchschlafen.

Sina sang Andrea, wie Eugen es bei ihr tat, seit dem ersten Tag Schlaflieder. Die ließ sich selten davon beindrucken, sondern weinte oft jämmerlich.

Als unerfahrene Eltern tat uns das Weinen in der Seele weh. Unsere Nachbarn trösteten uns, dass alles in Ordnung ist. Wir sollten nur einiges beachten. Nach dem Essen Bäuerchen machen lassen. Nicht gleich beim ersten Ansatz des Weinens aus dem Bettchen nehmen und einige wichtige Ratschläge mehr.

Nach den vierzehn Tagen Sonderurlaub kam ich hin und wieder etwas müder als sonst in die Redaktion.

In dieser Zeit musste ich keine Schreibtischarbeiten erledigen, sondern durfte auswärts auf Erlebnistour gehen. So nannte es mein Boss. Genauso hatte es sein Boss mit ihm getan, als er selbst Vater wurde. So hatte ich immer Action und keine schläfrigen Eingaben an der Tastatur.

21

Ehe wir uns versahen, war es schon wieder Mai.

Unsere kleine Andrea war ein Wonneproppen. Schwarze Haare und braune Augen, so schön wie ihre Mutter.

Unsere Schlafphasen wurden des Nachts nur noch wenig unterbrochen.

Unsere Freunde kamen viel öfter zu uns als früher. Alle hatten Spaß beim Knuddeln ihrer kleinen Andrea.

»Wollt ihr die Kleine auch taufen lassen?«, fragte Luther.

»Wir wissen es nicht. Vielleicht lassen wir sie selbst entscheiden, wenn sie alt genug dafür ist«, sagte Sina und ich stimmte ihr zu.

»Das ist auch keine schlechte Idee«, sagte Jeff.

»Ich wäre so gerne ihr Taufpate«, sagte Luther etwas traurig.

»Ich aber auch mein Lieber«, meldete Jeff seinen Anspruch.

»Ihr werdet beide, wenn wir sie taufen lassen, ihr Taufpate. Mein Ehrenwort«, versprach ich den beiden.

Sie waren zufrieden und glücklich.

Sie liebten Andrea über alles. Sie verwöhnten sie mit Spielzeug aller Art. So viele Teddys und Plüschtiere hatte ich nur in einem Fachgeschäft gesehen. Es war zwar viel zu viel, aber sehr rührend.

Eines Tages bekam ich einen Anruf meines Hausverwalters aus München.

»Herr Neumann, die jetzigen Mieter ihres Hauses kaufen sich ein eigenes Haus und müssen den Mietvertrag kündigen. Die Kündigung wäre aber erst Ende Juni möglich. Also in einem Monat. Sie könnten aber schon am 30. Mai dort einziehen …«,

»Nehmen Sie die Kündigung zum 1. Juni an«, unterbrach ich ihn.

»Soll ich mich nach einem anderen Mieter umsehen?«

»Lassen Sie mal. Ich melde mich wieder. Ich muss mich erst mit meiner Frau beraten.«

»Sie haben geheiratet? Darf ich Ihnen dazu ganz herzlich gratulieren.«

»Das ist sehr nett von Ihnen. Vielen Dank.«
Damit war das Gespräch beendet.

»War das dein Hausverwalter? Aus München?«

»Ja. Der jetzige Vermieter kündigt zum Ersten. Was sollen wir tun? Neuvermieten? Eigentlich und das wollte ich mit dir besprechen, wie wir das in Zukunft halten wollen. Ich würde am liebsten das Haus hier verkaufen und nach München in unser Haus ziehen. Ich wollte dich nicht überrumpeln. Wir können uns das in Ruhe überlegen.«

»Das sollten wir wirklich in aller Ruhe überlegen.«

Es sollten noch einige Wochen vergehen, bis wir zu einem Entschluss gekommen waren.

Wir hatten uns auf dem Münchner Arbeitsmarkt schlaugemacht und bereits mit den Verantwortlichen gesprochen. Eine Münchner Tageszeitung würde mich sofort als Redakteur einstellen. Die Bezahlung wäre hervorragend. Für Sina interessiert sich ein Münchner Architekturbüro als Halbtagskraft. Die Sprache wäre für die Übergangszeit kein Hindernis, da alle auch englisch sprechen.

Sina, ich und unsere Freunde berieten, was das Beste für uns wäre.

»Wenn ich euch dazu raten sollte, dann wäre das subjektiv und egoistisch. Ich will euch nicht gehen lassen. Auf der anderen Seite seid ihr meine Freunde und kann euch nur raten, dass zu tun, was ihr für richtig haltet«, sagte Luther und legte seine Hand auf meinen Arm.

Jeff und Sahra waren der gleichen Meinung.

»Die Erinnerungen von diesem Haus, an meine Eltern, es wäre vielleicht eine zu große emotionale Belastung für mich.«

»Ich kann dich gut verstehen. Ich wüsste auch nicht, was ich machen würde. Es ist sehr schwer, einen Ratschlag zu geben«, sagte Sahra und zeigte Verständnis für Sinas Bedenken.

Ich war hin und hergerissen. Auf der einen Seite gefällt es mir hier sehr, aber auf der anderen Seite, ist München meine Heimat und ich sehne mich immer stärker nach meinem Zuhause.

Sinas Bedenken teilte ich und bekräftigte sie mit meinen Gedanken.

»Würdet ihr dieses Haus verkaufen oder vermieten? Was macht ihr mit den Tieren?«, fragte Jeff.

»Ich weiß nicht. Wenn wir es vermieten würden, dann hat man vielleicht Ärger mit den Mietern, dann muss man auch für die Renovierungen aufkommen. Ich tendiere mehr fürs Verkaufen. Prince und Mr. Smith gehen natürlich mit. Was meinst du Liebling.«

»Natürlich kommen die beiden mit. Keine Frage. Falls wir uns entscheiden würden nach München zu ziehen, dann wäre es besser, wir würden das Haus verkaufen. Wenn wir mal zu Besuch kommen, dann können wir auch in ein Hotel gehen«, sagte Sina.

»Hotel? Das kommt gar nicht in Frage. Dann kommt ihr zu uns«, sagte Jeff empört.

Wir lachten und Jeff sah uns mit ernstem Gesicht an und verstand nichts.

Also gut. Sina und ich werden uns nochmals beraten und dann eine endgültige Entscheidung treffen.

Mit diesem Ergebnis verblieben wir.

In den nächsten Wochen überlegten Sina und ich was das Beste für uns und unser Kind wäre und kamen zu dem Entschluss, dass wir das Haus verkaufen und nach München ziehen würden.

Das Ergebnis teilten wir unseren Freunden mit. Sie waren sehr traurig, hatten aber Verständnis.

Wir beauftragten einen hiesigen Makler, der alles in die Wege leiten würde.

Den Antrag und die Papiere für die Ausreise hatten wir abgegeben und warteten auf Bescheid.

Nach langen vier Wochen hatten wir alle Papiere zusammen.

Das Haus wurde mit fast dem gesamten Mobiliar verkauft. Sina wollte nur wenige Sachen und Möbelstücke mitnehmen. Der Container war deshalb nicht so voll, wie wir es gedacht hatten.

Sinas Auto bekam auch einen neuen Eigentümer. Besser gesagt eine Eigentümerin.

Prince und Mr. Smith mussten noch einiges über sich ergehen lassen. Wir mussten mit beiden zum Tierarzt. Sie wurden gechipt und geimpft. Dann mussten wir für Prince einen großen Transportkäfig besorgen. Wir trainierten ihn jeden Tag. Es war kein großes Unterfangen ihn an die Box zu gewöhnen. Bei Mr. Smith war es schon etwas Anderes. Er wollte sich einfach nicht an die Kiste gewöhnen. Wir versuchten alles. Aber die besten Gutsle halfen nur für kurze Zeit.

Letztendlich hatten wir es doch mit einigen Tricks geschafft. Wir legten Decken mit unserem Geruch in die Tierboxen. Dann waren sie zufrieden.

Kurz vor der Abreise trafen wir uns noch einmal mit unseren Freunden und verabschiedeten uns mit dem Versprechen, uns mindestens einmal im Jahr zu besuchen.

Der Abschied war herzzerreißend. Keiner hatte noch trockene Augen.

Unser neues Leben konnte beginnen.

22

Ende Juni trafen wir morgens müde mit Sack und Pack auf dem Münchner Flughafen ein.

Die beiden Tiertransportkäfige holten wir vom Gepäckraum ab. Der Zoll bereitete keine Probleme und wir wurden schnell abgefertigt. Die Papiere waren vollzählig und in Ordnung.

Ein spezielles Taxi fuhr uns in unser Haus. Sina war erstaunt über die Gegend und ihr neues Zuhause.

Die Schlüssel hatte der Makler unter einen Blumenstock gelegt. Andrea meldete sich rechtzeitig zur Ankunft, um zu sagen „Hallo, ich bin da!"

Unsere wenigen Sachen stellten wir erst einmal zur Seite.

Prince ließen wir sofort in den Garten. Dort musste er erst einmal tierisch pullern. Mr. Smith nahmen wir erst einmal mit in das Haus.

Eigentlich wollten wir uns noch etwas hinlegen, aber die Aufregung hielt uns wach und ich zeigte Sina und unserer Kleinen das Haus.

Sina war sehr beeindruckt und fand es sehr schön.

Alle meine Bedenken wurden vom Lächeln meiner Mädchen weggewischt.

Schnell hatte sich Sina in ihrer neuen Umgebung eingelebt. An unseren zukünftigen Arbeitsstellen hatten wir uns persönlich vorgestellt und Sina meldete sich für einen Deutschkurs an.

Nach einigen Formalitäten erhielt Sina ihre Aufenthaltsgenehmigung und Andrea beide Staatsbürgerschaften.

Mein neuer Arbeitgeber genehmigte mir noch vier Wochen Arbeitspause.

Durch den Mutterschutz hatte Sina noch eine etwas längere Pause vor sich. Danach wird auch sie ihren neuen Job antreten.

Kontakt in die USA? Aber natürlich.

Wir telefonierten oft mit unseren Freunden. Zum Glück gibt es die sozialen Medien. So ist die Kommunikation sehr einfach und nicht mehr so schwierig und teuer wie früher.

Wie geht es unseren Freunden?

Jeff hatte eine Sicherheitsfirma gegründet.

Luther übernahm eine Softwarefirma und unser Rob war immer wieder auf Tournee.

So lief unser Leben und das unserer Freunde in geordneten Bahnen.

Sina hatte keine weiteren Albträume. Sie war sehr ausgeglichen und lernte fleißig deutsch.

Die Frage, ob wir jemals wieder in die USA zurückkehrten würden?

Wir glauben nicht.

Nachts, in meinen Träumen, begegnen mir immer wieder Wasja, Knüppelchen, Sascha und Eugen. Kinder, die mir aus den vielen Erzählungen und Berichten Eugens Zeit im Kinderheim vertraut waren.

Es verfolgen mich die Misshandlungen der Kinder Lili, Rose, Wastl, Ferdl, Tobi, Sepp, Luki in Rosenheim.

Sinas Entführung und ihrer Vergewaltigung und Eugens und Aileens Tod.

Für Nicholas hätte ich eine andere Strafe erhofft und nicht den schnellen Tod.

Am Tag erlebte ich das größte Glück auf Erden und in der Nacht das Elend, das mich wohl bis zum Lebensende begleiten wird.

Die Zeit heilt Wunden.

Du hast gesagt

Du hast gesagt,
morgen wird es wieder besser.
Es ist nie eingetreten.
Du hast auch gesagt,
ich tue es nie wieder.
Es ist nie eingetreten.
Du hast gesagt,
ich trinke nie wieder.
Es ist nie eingetreten.
Du hast auch gesagt,
ich schlage dich nie wieder.
Es ist nie eingetreten.
Du hast gesagt,
ich liebe dich.
Es ist nie eingetreten.
Nun bist du tot.
Es ist eingetreten.

(Hansjürgen Wölfinger)

Das Leben ist,
warten auf den Tod.

(Hansjürgen Wölfinger)

Weitere Veröffentlichungen des Autors

Erstes Buch der Trilogie **Der Journalist**

„Himmel der armen Seelen"

ISBN:

978-3-7323-0384-7 (Paperback)

978-3-7323-0385-4 (Hardcover)

978-3-7323-0386-1 (e-Book)

Zweites Buch der Trilogie **Der Journalist**

„Der Todesbaum"

ISBN:

978-3-7323-6388-9 (Paperback)

978-3-7323-6389-6 (Hardcover)

978-3-7323-6399-5 (e-Book)

Gedichte- und Kurzgeschichtenband
„Worte für die Seele"

ISBN:

978-3-7323-0209-3 (Paperback)

978-3-7323-0210-9 (Hardcover)

978-3-7323-0211-6 (e-Book)

Kinderbuch

Emma und der kleine Drache

ISBN:

978-3-7345-5681-4 (Paperback)

978-3-7345-5682-1 (Hardcover)

978-3-7345-5683-8 (e-Book)